Hanni und Nanni ist die beliebteste und erfolgreichste Mädchenbuch-Serie der Welt. Allein in der Bundesrepublik wurden mehr als 5 Millionen Bücher dieser Serie von Enid Blyton mit großer Begeisterung gelesen.

Von **Hanni und Nanni** gibt es 15 Einzelbände, die auch in 5 Sammelbänden zu je 3 Erzählungen zu haben sind.

Enid Blyton

HANNI UND NANNI

im Geisterschloß

Schneider-Buch

Deutsche Bearbeitung: Franz Schneider Verlag

Deckelbild und Illustrationen: Nikolaus Moras
Schrift: 11/11 Punkt Garamond
Druck: Presse-Druck
Bestell-Nummer: 3668

München – Wien ISBN 3 505 03668 4

Inhalt

Wieder zu Haus!

„Herrlich, daß wir wieder hier sind!“ Auf dem Bahnsteig flog Nanni ihrer Mutter um den Hals. „Die letzten Tage im Internat waren kaum noch auszuhalten. Stimmt's, Hanni?“

Die Zwillingsschwester hatte mit dem Vater noch ein paar Gepäckstücke aus dem Zug geholt. „Klar!“ pustete sie. Aber dann wandte sie sich den Koffern und Taschen zu. „So. Mal zählen, ob wir auch nichts vergessen haben . . .“

Herr Sullivan schüttelte den Kopf über den – wie er meinte – allzu vielen Kram, den seine Töchter auf ihren Fahrten zum oder vom Internat immer mitschleppten.

„Wird schon nichts fehlen", lachte er. „Los, kommt! Sicher wollt ihr eure Ferien nicht auf dem Bahnhof verbringen!" Er nahm die beiden größten Koffer und schritt zum Ausgang.

Es dauerte eine Weile, bis das Gepäck im Auto verstaut war. Hanni und Nanni kletterten auf die hinteren Sitze.

„Alles da, alles drin?" fragte Frau Sullivan.

„Ja!" riefen die Zwillinge.

Herr Sullivan startete.

Und nun ließ auch Hanni ihrer Begeisterung freien Lauf: „Ach, Mutti, ach, also ... Vati, ihr ahnt ja nicht, wie wir uns auf euch gefreut haben."

Die Mutter drehte sich lächelnd um. „Wir sind ebenso glücklich über das Wiedersehen. Das glaubt ihr doch wohl. Oder ...?"

Zu Hause wurden sie von der Wirtschafterin Marlis empfangen. Nach der Begrüßung fragte die Mutter gleich: „Ist das Essen fertig? Ich fürchte nämlich, Hanni und Nanni sind halb verhungert."

Marlis schmunzelte: „Das hab ich auch gedacht. Es ist alles bereit."

„Dann wascht euch die Hände, und kommt!" rief die Mutter.

Bei Tisch erzählten die Zwillinge eifrig von ihren Internatserlebnissen.

„Ach, und auf der Heimfahrt in der Bahn", rief Nanni plötzlich, „da hatten wir noch einen Extraspaß."

Hanni lachte laut auf. „Ja, erzähl mal!" drängte sie. „Ich bin gespannt, was die Eltern dazu sagen."

Die Mädchen vom Internat Lindenhof hatten wie immer reservierte Bahnabteile gehabt. Darin machten sie es sich gemütlich. An einer der ersten Stationen verließ die Mitschülerin Jenni den Zug. Dann holte Bobby ihren Koffer herunter. Sie mußte auf dem übernächsten Bahnhof umsteigen. Die andern vier hingen noch aus dem Fenster und winkten Jenni nach.

„Dieses Abteil ist reserviert", hörten sie Bobby plötzlich rufen. Sie drehten sich um.

Eben stellte ein dicker, schnaufender Mann zwei Koffer mitten ins Abteil. Hinter ihm erschien eine schüchtern wirkende Frau.

„Reserviert?“ fauchte der Dicke Bobby an. „Für euch junges Gemüse etwa? Hier ist noch Platz genug für zwei Personen, wenn ihr euren Kram ein bißchen zusammenräumt!“ Er nahm Bobbys Koffer und hob ihn ins Gepäcknetz zurück. Und seine eigenen Koffer schob er einfach darüber.

„Entschuldigen Sie, dieses Abteil ist wirklich reserviert!“ sagte Hilda. „Und zufällig sah ich vorhin, daß im Nebenwagen alles leer ist.“

Doch der Mann hörte nicht auf sie. Er drückte seine schüchterne Frau auf einen Sitz und machte es sich in der Ecke bequem.

Das war die Höhe! Jetzt saß der Mann auf Hannis Platz! Die fünf Mädchen starrten sich verblüfft an. Doch sie sagten nichts, sondern setzten sich schweigend auf die verbliebenen Plätze.

„Macht das Fenster zu!“ rief der Dicke nach einer Weile. In seiner Ungeduld sprang er gleich selber auf. Rücksichtslos stolperte er über die Füße der jungen Mitreisenden.

Zunächst unternahmen die Mädchen nichts. Aber als die Hitze im Abteil unerträglich wurde, stand Bobby auf und öffnete das Fenster wieder.

„Unverschämtheit!“

Der Mann erhob sich und schob das Abteilfenster von neuem zu. „Glaubt ihr vielleicht, ich will eine Freiballonfahrt in ’ner offenen Gondel machen? Rücksichtslose Gesellschaft! Aber das ist die Jugend von heute! – Laß mich in Ruhe“, brummte er seine Frau an, die ihn zu beschwichtigen versuchte, „denen schadet es nichts, wenn sie mal die Wahrheit hören.“

Die Mädchen waren wütend, schwiegen aber. Doch mit einem Mal fragte Bobby in die Stille hinein: „Reist ihr auch so gern in ’ner luftigen Ballongondel?“

Da platzten sie alle fast vor Lachen. Und nun fing das Vergnügen an.

„O ja“, piepste Hilda in den höchsten Tönen. „Da hat man wenigstens gute Gesellschaft.“

„Schwergewichtler dürfen aber nicht in einen Ballonkorb", krähte Hanni laut. Die anderen lachten und quietschten.

Da stand der Dicke auf, ging auf den Gang hinaus und rief nach dem Schaffner.

„Hoffentlich kommt der noch, bevor ich aussteige", flüsterte Bobby.

Sie hatte Glück: Der Schaffner erschien sofort. Erstaunt musterte er die beiden Erwachsenen im Abteil, fragte jedoch zunächst nur, was los sei.

„Beschweren will ich mich", rief der Mann dröhnend, „beschweren über diese Mädchen! Sie sind von einer unglaublichen Rücksichtslosigkeit den Mitreisenden gegenüber! Stellen Sie ihre Namen fest, damit man den Eltern mal Bescheid geben kann."

„Moment, mein Herr", erwiderte der Schaffner höflich. „Erst muß ich wissen, was die Mädchen eigentlich angestellt haben."

„Sie hatten das ganze Abteil beschlagnahmt, so daß meine Frau und ich kaum Platz fanden. Dann rissen sie das Fenster auf und ließen uns in der Zugluft sitzen. Zuletzt haben sie mich sogar verhöhnt."

„Nanu", sagte der Schaffner, „so kenne ich die Mädchen gar nicht! Und was das Abteil betrifft, so sind die jungen Damen" – tatsächlich: Er sagte „junge Damen"! – „durchaus im Recht. Es ist für das Internat Lindenhof längst vorbestellt und reserviert. Das steht auch hier am Gangfenster!" Der Schaffner wandte sich an die Mädchen: „Habt ihr das dem Herrn nicht gesagt?"

„Natürlich", riefen alle fünf, und Hilda fügte hinzu: „Er hat sich überhaupt nicht darum gekümmert!"

„Ja, mein Herr, dann muß ich Sie bitten, sich im nächsten Wagen andere Plätze zu suchen. Der Zug ist halb leer. Und Ihre Beschwerde kann ich natürlich nicht annehmen!"

Na, das war eine Genugtuung! Mit hochrotem Kopf holte der Mann seine Koffer herunter und verließ das Abteil. Seine Frau folgte ihm wortlos. Doch an der Türe drehte sie sich um, sagte leise: „Entschuldigt, bitte!" und versuchte zu lächeln.

*

„In diesem Augenblick war der ganze Spaß vorbei", erklärte Hanni, als sie das zum Schluß noch erzählt hatte. „Die arme Frau muß sich bestimmt öfter seinetwegen schämen!"

„Es gibt schon merkwürdige Menschen", meinte die Mutter. „Manche glauben, sie seien immer im Recht – und nicht bloß jungen Leuten gegenüber."

„Eigentlich hast du großes Glück gehabt", rief Nanni, „daß du Vati zum Mann hast und nicht einen solchen Nörgler!"

„Danke schön!" Herr Sullivan verneigte sich leicht über den Tisch hinweg. Nun lachten sie alle vier.

Doch dann wurden die Zwillinge still: Marlis hatte eine Riesenschüssel auf den Tisch gestellt.

„Zitronenkrem", hauchte Hanni. Schweigend schaufelten die beiden ihren Lieblingsnachtisch in sich hinein . . .

„Wir möchten etwas mit euch besprechen", sagte der Vater, als die Schüssel leer war. „Es handelt sich um die Ferien! Am besten setzen wir uns in mein Zimmer."

„Also, ihr beiden", fing der Vater an, „Ende nächster Woche muß ich zu einer Tagung nach Spanien, anschließend zur Eröffnung einer Klinik nach Marokko. Mutti fährt mit. Wir können also nur ein paar Ferientage mit euch verleben. Ihr fahrt zu Erna, eurem früheren Kindermädchen, die seit Jahren förmlich darauf brennt, euch wiederzusehen. Sie ist mit einem Polizisten verheiratet, heißt Frau Huber – na, und sie schrieb, sie hätte ein nettes kleines Haus."

„Zu Erna?"

Die Zwillinge waren entzückt!

„Ich will zu gern sehen, ob sie sich als Frau Huber verändert hat!" rief Hanni.

„Und wie ihr Polizeimann ist!" fügte Nanni hinzu.

Die Mutter lachte. „Das werdet ihr früh genug erfahren. Zunächst wollen wir uns hier ein paar abwechslungsreiche Tage verschaffen – wenn wir schon nicht gemeinsam verreisen können. Vater und ich haben ein ‚Daheim-Ferienprogramm' aufgestellt!"

„Jetzt rudern wir, und ihr könnt schwimmen", rief Hanni

„Das klingt spannend", lachte Nanni. „Was meinst du, Hanni? Ich laß mich jedenfalls überraschen!"

Nun folgten ein paar vergnügte Tage. Vater und Mutter hatten wirklich ein großartiges Programm entworfen!

„Heute fahren wir zum Baden an den Lohsee", hieß es am ersten Morgen. „Wir werden am See oder im Wald ein Picknick halten und erst gegen Abend nach Hause kommen."

Der Lohsee lag ein paar Kilometer entfernt in einem großen Buchenwald. Nur an einer Seite war sein Ufer zur Straße und zu den Feldern hin offen. Dort gab es eine Badeanstalt und eine Anlegestelle für Boote. Herr Sullivan mietete ein Ruderboot. Damit fuhren sie ein Stück auf den großen See hinaus. Hanni und Nanni sprangen ins Wasser, schwammen eine Strecke und kletterten dann wieder ins Boot, das der Vater inzwischen kräftig weitergerudert hatte.

„Jetzt rudern wir, und ihr könnt schwimmen", rief Hanni, als sie zum zweitenmal wieder über den Bootsrand krabbelte.

Kaum waren die Eltern ein Stück entfernt, zischte Hanni der Schwester zu: „Los – dort hinüber!“, und sie deutete auf eine winzige Insel, auf der viele Büsche die Sicht nach der anderen Seite nahmen.

Nanni begriff sofort. Als die Eltern umkehrten und zum Boot zurückschwimmen wollten, sahen sie es nicht – es schien spurlos verschwunden. Aber der Vater witterte den Streich und schwamm um die Insel herum. Von den Zwillingen und dem Boot war immer noch nichts zu sehen! Die beiden waren längst wieder um die Insel herumgerudert und lauerten nun in einer winzigen Bucht unter einer herabhängenden Weide. Was die Eltern wohl unternahmen?

„Ätsch, hereingefallen!“ rief der Vater plötzlich hinter ihnen. Er hatte die Mutter allein weiterschwimmen lassen, war auf das Ufer der Insel geklettert und hatte die Büsche schnell durchquert. Nun kam auch die Mutter heran, und die Eltern lachten die Ausreißer tüchtig aus.

„Können wir nicht auf der Insel picknicken?“ fragten die Zwillinge. „Hier kommt bestimmt kein Mensch her.“

„Dafür sind aber schon Scharen von Mücken da“, sagte der Vater.

„Außerdem können wir hier nicht abkochen“, ergänzte die Mutter.

„Abkochen?“ riefen die Schwestern entzückt.

„Nun ja, ein paar Würstchen heiß machen und Eier braten“, erklärte die Mutter.

„Au fein, dann rudern wir natürlich zum Strand hinüber“, jubelte Hanni.

Sie fanden bald eine Stelle, an der sie zwischen großen Steinen ihren Spirituskocher anzünden konnten. Dann gab es ein üppiges Mahl. Die Mutter hatte sogar Kartoffelsalat mitgebracht und zum Nachtisch ein Körbchen voller Kirschen mitgenommen.

Am Strand war es inzwischen lebhaft geworden. Schulkinder, die nun Ferien hatten, und Urlauber aus der Umgebung badeten, ruderten und spielten. Deshalb packten die Sullivans nach dem

2 3668-9

Essen schnell ihre Sachen zusammen und fuhren in den Wald hinein.

Sie kannten ja von früher ein paar Stellen, die zum Lagern wunderbar geeignet waren und wohin Fremde nur selten kamen. Dort hielten Vater und Mutter ausgiebig Mittagsruhe. Hanni und Nanni holten ihre Bücher hervor und lasen.

Damit war das Tagesprogramm noch lange nicht zu Ende. Später durchquerte die Familie Sullivan den ganzen Wald bis zur Stadt Kronburg. Dort ließ der Vater das Auto auf dem Marktplatz mit den schönen alten Häusern stehen, und sie stiegen zum „Schlössel" hinauf. So wurde die Ruine genannt, die auf einer Bergnase stand und die schönste Aussicht ins Tal bot. Ganz vorn war in das alte Gemäuer hinein ein Terrassenkaffee gebaut. Und dort gab es immer leckeren Kuchen. Und Eis! Hanni und Nanni ließen es sich schmecken ...

So war jeder Tag als „Daheim-Programm" ein Fest für sich. Aber dann mußten die Eltern ihre letzten Reisevorbereitungen treffen.

Die Zwillinge packten auch.

Von Erna war eine Karte gekommen: „Schreibt, mit welchem Zug Ihr in Rottleben ankommt. Wir holen Euch vom Bahnhof ab. Erkennen werden wir uns ja wohl noch!"

Am letzten Abend vor dem Abschied saßen die vier Sullivans vergnügt zusammen.

„Fotografiert nur unterwegs viel", baten die Zwillinge. „Dann könnt ihr uns eure Reise später vorführen."

„Und ihr werdet hoffentlich nicht zuviel Unfug anstellen", mahnte der Vater. „Ernas Mann, der Polizist, nimmt euch gewiß ins Gebet, wenn es not tut."

Hanni und Nanni lachten. „Bei Erna kann uns nichts passieren."

Fröhliches Wiedersehen

Hanni und Nanni fuhren am anderen Morgen mit vielen Erwartungen los. Einmal mußten sie umsteigen. Erna wohnte in einem großen Dorf nahe bei den Ellernbergen. Die waren zwar nicht hoch, doch die Zwillinge sahen sie schon bald, nachdem sie umgestiegen waren. Drei rote Triebwagen – das war der ganze Zug. An jeder kleinen Station wurde gehalten. Die meisten Reisenden schienen sich zu kennen. Sie musterten die Zwillinge eingehend.

„Dasselbe Mädchen gleich zweimal", sagte ein alter Mann schmunzelnd. „Ja, bei so hübschen Dingern läßt man sich das gern gefallen."

„Wann kommt Rottleben?" fragte Hanni, weil ihr vor lauter Verlegenheit nichts anderes einfiel.

„Aha, dahin wollt ihr!" Der Alte nickte. „Ich auch. Da haben wir noch zwei Stationen weit zu fahren. Bleibt ihr länger dort?"

Es stellte sich heraus, daß er Hubers gut kannte. „Wir sehen uns gewiß öfters", sagte er.

Als der Rottlebener Bahnhof in Sicht kam, steckten die Schwestern die Köpfe aus dem Fenster.

„Erna, Erna!" rief Hanni plötzlich. Sie winkte heftig. Da hatte Erna sie auch schon entdeckt und lief dem Zug entgegen. Ihren Mann zog sie mit.

Fast vergaßen die Schwestern vor lauter Wiedersehensfreude einen Koffer.

Erst als Erna fragte: „Habt ihr noch mehr Gepäck?", riß Hanni den vergessenen Koffer aus dem Waggon.

„Menschenskind, Nanni, das wäre was geworden, wenn der Zug mit unserem Kleiderkoffer weitergegondelt wäre!" rief sie erschrocken.

Dann begrüßten sie Herrn Huber, der in seiner Uniform sehr schmuck daneben stand und strahlend das fröhliche Wiedersehen beobachtete. „Auf euch beide war ich sehr gespannt“, sagte er. „Meine Erna hat mir schon viel von euch erzählt. – Oder muß ich Sie sagen?“

„Das wäre ja noch schöner, unterstehen Sie sich!“ riefen die Schwestern.

„Schick sieht dein Mann in der Uniform aus“, sagte Hanni später, als sie sich mit Ernas Hilfe in dem Dachstübchen häuslich einrichteten.

„Das freut mich. Es gibt Leute, die eine Polizeiuniform nicht so sehr mögen“, meinte Erna lachend.

Den Zwillingen gefiel es in Rottleben sehr. Als erstes schauten sie sich in Ernas Haus gründlich um.

„Ihr habt euch wirklich nicht verändert“, war Ernas Meinung. „Neugierig wart ihr schon immer.“

„Nur wißbegierig“, stellte Hanni richtig, und Nanni fügte hinzu: „Schließlich ist es doch ein bißchen so, als ob wir bei dir zu Hause sind. Da müssen wir doch jeden Winkel kennenlernen.“

Das hörte Erna gern! Sie sah ganz gerührt aus. „Ihr seid doch meine Besten geblieben“, meinte sie, nahm beide in die Arme und gab Hanni nach rechts und Nanni nach links einen Kuß. „Wir wollen es uns toll gemütlich machen. Ihr sollt sehen: Ihr werdet Ferien haben wie noch nie!“

„Nun, was habt ihr heute nacht geträumt?“ fragte Herr Huber am anderen Morgen beim Frühstück.

Die Schwestern sahen sich verblüfft an. Geträumt? Aber dann blitzte es in Hannis Augen, und sie machte den Mund auf.

Au weh! dachte Erna, jetzt werden die zwei Krabben meinem guten Klaus einen gewaltigen Bären aufbinden! Doch Hanni wollte nicht Herrn Huber, sondern Erna aufs Korn nehmen.

„Ja“, fing sie an, „ich besinne mich. Ich habe von lauter Läusen geträumt!“ rief sie vergnügt.

„Von Läusen?“ rief Nanni entsetzt. „Wo kamen die her?“

„Weiß ich doch nicht. Du hattest auch welche. Sie saßen nicht im Haar, nein, solche Läuse waren es nicht. Wir pflückten Blumen . . ., ja, ich entsinne mich genau . . . Rosen waren es, rosa Rosen, und weißer Jasmin . . ., und wir wollten Erna eine Freude machen, aber sie rief . . ."

„Au!" schrie Nanni, denn Hanni hatte sie unterm Tisch kräftig getreten.

„Quatsch . . . Nicht ‚au!' schrie sie", fuhr Hanni ruhig fort und gab der Schwester einen tüchtigen Rippenstoß, so daß Nanni anfing zu überlegen, was Hanni wohl im Schilde führte. „Sie rief: Igitigitt, die vielen Läuse, da graust es mir."

„Aber, Hanni, das ist doch kein schlechter Traum!" sagte Erna dazwischen. „Läuse – das bedeutet Geld! So steht es im Traumbuch."

„Ach?" fragte Hanni scheinheilig.

Da begriff Nanni endlich, was die Schwester wollte. Klar! Erna hatte früher ja immer in ihrem Traumbuch nachgelesen. In Lindenhof hatte sie deshalb aus lauter Übermut mit den Freundinnen Träume gedeutet: „Schlangen? Vorsicht! Das bedeutet Pech auf der ganzen Linie! Sicher nimmt die Lehrerin dich heute beim Übersetzen dran!", oder „Geh der Hausmutter lieber aus dem Weg, wenn du von Pilzen geträumt hast – sonst mußt du Medizin schlucken . . .!"

Ja, daß sie nicht früher an Ernas Hobby gedacht hatte! Na, sie wollte ihr auch etwas zum Deuten geben. Also fing Nanni an: „So etwas Ekliges habe ich nicht geträumt. Ich mußte Kartoffeln waschen. In einer Quelle. Ach, war das Wasser kalt! Zuerst war es schön klar, aber von den Kartoffeln wurde es sehr schmutzig. Ich bekam auch die Hände gar nicht mehr sauber. Wie Pech klebte der Schmutz dran. Und die Kartoffeln haben wir nachher ins Feuer geworfen . . . Das war mein Traum!"

Erna saß mit gefurchter Stirn da und rührte gedankenvoll in ihrem Kaffee. „Sehr merkwürdig", sagte sie. „Kartoffeln bedeuten nämlich auch Reichtum – genau wie Läuse. Und klares Wasser, das ist sehr gut. Trübes dagegen – nein, das ist eine Gefahr oder Sorge oder Ärger . . . Aber dann wieder das Feuer! Richtig helles Feuer, Nanni?"

„Ja, es brannte mit einer hohen Flamme!"

„Dann wird zum Schluß alles gut! Doch in acht nehmen mußt du dich, Nanni! Du dich auch, Hanni, denn ihr stellt eure Dummheiten ja gewöhnlich zusammen an."

„Mach die Mädchen nicht bange mit deiner Traumbuch-Weisheit", sagte Herr Huber lachend. „Ja, das kann ich ihr nicht abgewöhnen", wandte er sich an die Zwillinge. „Polizeigewalt nützt da gar nichts! Doch nun muß ich endlich zum Dienst. Bis Mittag also!" Er nahm seine Mütze und ging hinaus.

„Wieso fährt dein Mann denn mit dem Rad?" fragte Hanni, als sie ihm durchs Fenster nachblickte. „Gestern habt ihr uns doch mit dem Wagen vom Bahnhof abgeholt. Oder war das nicht euer Auto?"

„Doch. Aber die paar Schritte bis zum Revier fährt Klaus immer mit dem Rad. Das ist billiger und gesünder. Wenn er zum Einsatz muß, benutzt er einen Dienstwagen. Doch keine Angst: Für Ausflüge nehmen wir natürlich den Wagen. Ihr sollt ja ein bißchen von der Umgebung sehen. Falls ihr aber mal allein losziehen wollt, könnt ihr auch Fahrräder bekommen."

„Hast du gleich zwei?" fragte Nanni.

„Natürlich, die jüngste Schwester von Klaus wohnt bei uns. Sie kommt freilich nur am Wochenende nach Hause. Die Woche über bleibt sie in der Stadt. Sie ist Verkäuferin in einem Textilgeschäft. Ihr gehört das zweite Rad."

„Ach, da kommt sie ja morgen. Wie ist sie denn?"

„Ihr werdet sie ja selber sehen. Vertragen werdet ihr euch gewiß. Sie ist ein paar Jahre älter als ihr und hat natürlich ganz andere Interessen. Und wenn sie kommt, ist sie meist müde und schläft sich erst einmal aus."

„Und wir dürfen ihr Rad ohne weiteres nehmen?" erkundigte sich Nanni.

„Das habe ich schon mit ihr ausgemacht – keine Bange!"

„Das mag eine schöne Ziege sein", meinte Hanni später, als die Zwillinge allein waren. „Erna wollte nicht so recht heraus mit der Sprache."

„Aber Herr Huber ist doch ein ausgesprochen netter Mensch ...“, überlegte Nanni.

„Für seine Schwester kann er nichts“, sagte Hanni.

Sie warteten jedenfalls sehr gespannt auf diese Mechthild. Einstweilen aber „schnupperten“ sie weiter im Haus und im Hof herum.

„Erna, du hast ja Hasen! Einen ganzen Stall voll!“ rief Nanni entzückt, als sie zu dritt zum Garten hinübergingen.

Im Gras hockten unter einem Gitter drei alte und sieben junge Kaninchen, graue, schwarzweiße und ein ganz weißes. Die Zwillinge hatten eine Weile ihren Spaß an den drolligen Tieren, die eifrig weitermümmelten. Aber dann lockte der Garten mit seinen Johannisbeerbüschen, an denen immer noch eine Menge roter Beerentrauben hing. Und die Stachelbeeren waren schon reif.

„Davon könnt ihr so viele pflücken, wie ihr mögt“, sagte Erna. „Es sind viel mehr, als wir brauchen.“

Na, das war ein Angebot.

Am nächsten Tag kam Mechthilde kurz nach dem Mittagessen. Sie war eine „Ziege“, jedenfalls in den Augen der Zwillinge.

„Aha, Ernas Babys sind eingetroffen.“ Damit begrüßte sie den Besuch, und nach einem flüchtigen Blick in die Gesichter sagte sie: „Ihr erwartet von mir gewiß keine großen Anstrengungen, euch auseinanderzuhalten. Ich kann nicht meine ganze Freizeit dafür opfern.“

„Wir werden es überleben“, antwortete Hanni ziemlich spitz. Weiter sagte sie nichts, sie dachte an das Fahrrad, das sie dringend brauchten.

Mechthild sah ganz nett aus. Hanni und Nanni fanden bloß, daß sie sich mehr aufgeputzt hatte, als ihr gut stand. Und sie redete ziemlich von oben herab mit Erna. Bildete sie sich vielleicht ein, sie wäre etwas Besseres als die Schwägerin? Herr Huber fand seine Schwester sicher auch nicht aufregend liebenswert.

„Hattest du sehr viel zu tun in dieser Woche?“ fragte er sie. Und als sie versicherte: „Ich bin restlos erschöpft von der Plackerei“, erkundigte er sich nur noch: „Irgendwas Besonderes?“

„Nein, gar nichts", sagte Mechthild. Doch sie verbesserte sich sofort: „Höchstens, daß unsere Kassiererin, das Schaf, sich zwei falsche Zwanzigmarkscheine andrehen ließ."

„Falschgeld?" Wachtmeister Huber horchte auf. „Habt ihr festgestellt, woher es stammte?"

„Nein, wieso? Die Bank hat es am anderen Morgen festgestellt, als sie unsere Tageskasse gutschreiben wollte."

„Schade! Falschgeldgeschichten sind immer übel. Burschen, die es vertreiben oder gar herstellen, muß man beizeiten das Handwerk legen."

„Was habt ihr für morgen vor?" erkundigte sich Mechthild später, als sie beim Abendbrot saßen.

„Wir wollen eine schöne Fahrt mit unseren Gästen unternehmen. Über die Berge zum Kanal und weiter ins Kaisergebirge. Du bist herzlich dazu eingeladen."

„Vielen Dank!" wehrte Mechthild ab. „Ich kenne diese Familienausflüge! Ich sehe mich lieber um, wer aus der Großstadt hier ist! Das ist interessanter!"

„Wir freuen uns sehr auf die Fahrt!" sagte Hanni laut. Sie hatte gemerkt, daß Erna vor Ärger rot geworden war, und auch Herr Huber hatte plötzlich eine steile Falte auf der Stirn.

Mechthild störte das nicht, und zu Hanni meinte sie herablassend: „Für euch ist es sicher nett, ihr hockt ja sonst immer nur in eurem Internat und seht nichts von der Welt."

„Laßt, Kinder", beschwichtigte Erna, ehe die Zwillinge Mechthild antworten konnten. „Mechthild soll in ihrer freien Zeit tun, was ihr Spaß macht. Sie arbeitet ja die ganze Woche lang tüchtig."

Dann fing sie an, die Teller zusammenzustellen, und Hanni und Nanni halfen ihr beim Abräumen.

„Du, die ist aber hochnäsig", sagte Nanni in der Küche.

„Spielt die sich immer so auf?" fragte Hanni.

Erna seufzte. „Was soll ich machen? Mein Mann hat sie nach dem Tod ihrer Eltern hier aufgenommen. Er ist über Mechthilds Art auch nicht glücklich. Das weiß ich genau. Vielleicht aber meint sie es gar nicht so schlimm."

Nach dem Essen halfen die Zwillinge Erna beim Spülen

Da machten die Schwestern es genauso: Sie erwähnten Mechthild nicht weiter.

Aber die Fahrt am nächsten Tag genossen sie sehr.

Als sie am frühen Abend nach Hause kamen, erschien auch Mechthild recht friedlich. Sie erkundigte sich: „War es nett?" und half Erna, alles für die Abendmahlzeit zu richten. Am Montag morgen war sie schon längst fort, als die Zwillinge am Frühstückstisch erschienen.

Hier gibt es ein Geisterschloß?

Von nun an fuhren Hanni und Nanni jeden Vormittag mit den Rädern los, um die Gegend zu erkunden.

„Na, wo wart ihr heute?“ fragte Erna, als sie nach dem ersten Ausflug hungrig nach Hause kamen.

„Auf dem Gestüt bei Instett“, berichteten die Zwillinge. Sie hatten die Fohlen beobachtet, die dort übermütig herumsprangen, und sie waren hell begeistert.

„Diesmal waren wir in einer putzigen kleinen Stadt“, erzählten sie am nächsten Tag.

„Da war alles aufgebaut, was dazu gehört: Kirche, Rathaus, Schule und viele Häuser“, berichtete Hanni.

„Aber so winzig, daß wir nicht Platz gehabt hätten, höchstens Kinder von sechs, sieben Jahren“, fügte Nanni lachend und übermütig hinzu.

„Ja, für die ist die Liliputstadt ja auch gebaut“, meinte Herr Huber. „Das haben Studenten getan, die hier einmal ein Ferienlager hatten.“

Eines Mittags kamen die Schwestern besonders aufgeregt nach Hause.

„Heute waren wir in einem Schloß – ganz in der Nähe . . . Und da war gerade ein Fest!“ rief Hanni.

„Ein Fest? Wo wart ihr denn da?“ fragte Erna ganz verwundert.

„Wir sind die Straße hinausgefahren, dann zum Wald abgebogen, und mit einem Mal waren wir in einem richtigen Park“, erklärte Nanni.

„Ein toller Park!“ rief Hanni. „Riesige Buchen, dicke Eichen und auch viele ausländische Bäume!“

„Plötzlich standen wir an einem großen Teich“, sagte Nanni. „Sein Wasser war ganz dunkel.“

„Dunkelgrün", fügte Hanni hinzu, „wahrscheinlich von den hohen Kastanienbäumen, die ringsum wuchsen und kein Licht durchließen."

„Ja, und ganz am Ufer war so dichtes Gebüsch, daß man das Wasser erst in der allerletzten Minute entdeckte", erzählte Nanni weiter. „Eine Menge Wasser gibt es da! An der anderen Seite lag ein Kahn. Aber der sah ganz alt und verrottet aus."

„Da müßt ihr am Geisterschloß gewesen sein", meinte Erna. „Doch was war da für ein Fest?"

„Wir sind um den See herumgegangen", berichtete Hanni. „Plötzlich hörten wir Musik. Wir wanderten eine breite Allee entlang – und sahen das Schloß. Schön ist es, so groß und wuchtig! Die Fenster glänzten in der Sonne! Viele Leute gingen auf dem großen Platz davor spazieren. Und eine Kapelle spielte!"

„Um Himmels willen! Kinder, das geht nicht mit rechten Dingen zu", rief Erna erschrocken. „Klaus, was sagst du?"

Herr Huber kratzte sich hinter dem Ohr. „Ach . . . ich weiß nicht", sagte er.

„Nicht mit rechten Dingen, wie meinst du das?" fragte Hanni.

„Wir haben die Leute doch gehört und gesehen", versicherte Nanni.

„Das Schloß ist verlassen", erklärte Herr Huber. „Seit vielen Jahren schon. Wer sollte da ein Fest feiern? Die Fenster sind auch über und über voll Staub und Spinnweben. An manchen hängen die Läden halb herunter. Überhaupt ist der ganze Bau verkommen."

„Dann waren wir woanders!" rief Hanni. „Unser Schloß sah gar nicht verkommen aus. An den Treppenrändern standen große Kübel mit grünen Büschen und Bäumchen – fast wie bei einer Hochzeit in der Kirche . . ."

„Oder wie in Lindenhof in dem einen Sommer", sagte Nanni dazwischen, „als ein Sturm kurz vor dem Sommerfest die ganzen Anlagen vernichtet hatte. Weißt du noch, Hanni?"

„Hm, hm, hm", brummte Herr Huber, und von da ab saß er merkwürdig still dabei und überlegte.

„Erzählt weiter!“ drängte Erna. „Was gab's an dem sonderbaren Platz noch zu sehen?“

„Die Leute waren alle sehr hübsch angezogen“, antwortete Hanni. „Sie schienen sich gut zu amüsieren. An einer Seite des Schlosses war ein kleiner Tanzboden, und da drehten sich die Paare!“

„Übrigens waren auch Fotografen da. Wir müssen versuchen, Bilder zu erwischen, damit ihr uns glaubt“, sagte Nanni.

„Soso, Fotografen . . .“, murmelte Wachtmeister Huber und schrieb irgend etwas in sein Notizbuch.

„Erna!“ drängte Hanni. „Wenn es hier ein Geisterschloß gibt, dann interessiert uns das mächtig! Bitte, erzähl mal davon.“

„Ja also, es liegt genauso, wie ihr es beschrieben habt: Im Park ist der Schloßteich. Er ist dunkelgrün, wie ihr gesagt habt. Wasserhühner gibt es dort auch, und am Ufer liegt ein morscher Kahn.“

Hanni und Nanni lauschten und machten große Augen.

„Und das Schloß?“ fragte Hanni.

„Ja, das Schloß ist auch da. Es ist sehr groß, und es hat eine breite Freitreppe. Aber von ‚Pracht‘ ist da nichts zu merken. Wie Klaus sagte: überall Staub und Spinnweben. Der Putz blättert von den Mauern. Viele Treppenstufen sind schadhaft. Wir sind einmal dort gewesen. Mir war richtig unheimlich zumute . . .“

Nun tat Herr Huber den Mund wieder auf: „Das Schloß hat einmal einer sehr reichen Familie gehört. Grafen oder Barone waren es. Der letzte Bewohner ist vor vielen Jahren gestorben. Es heißt, daß noch ein Erbe von ihm in Amerika oder in Australien lebt. Doch er hat sich nie gemeldet, obwohl in Zeitungen große Aufrufe an ihn erschienen. Vielleicht lebt er auch schon längst nicht mehr. Jedenfalls hat sich niemand mehr um den Besitz gekümmert. Die Äcker und Wiesen, die dazu gehören, sind verpachtet. Die Landesregierung verwaltet alles. Aber – du liebe Zeit – die haben auch andere Sorgen als dieses Schloß.“

„Doch warum sagt Erna ‚Geisterschloß‘?“ wollte Nanni wissen.

Erna begann: „Weil es dort spukt . . .“, aber ihr Mann warf sofort ein: „. . . sagen die Leute. Ich glaube es nicht. Angeblich soll ab und zu ein Licht durch ein paar Räume geistern. Natürlich wird auch eine Geschichte erzählt von einem der früheren Herren, der einen Diener erstochen hat . . ."

„Nein", fing Erna wieder an, „einer der alten Barone wurde erschlagen. Er kann keine Ruhe finden, weil er einen Schatz versteckt hatte . . ."

„Da seht ihr es", unterbrach der Wachtmeister lachend. „Man weiß nichts Vernünftiges, und deshalb werden die tollsten Geschichten erfunden. Ob wirklich im Schloß manchmal ein Licht zu sehen war, kann ich nicht sagen. Vielleicht hat der Mond hineingeschienen. Oder der alte Kunze hat einen Spaziergang durchs Schloß gemacht."

„Wer ist denn das?" fragte Nanni.

„Ein Sonderling. Er wohnt abseits vom Schloß in einem alten Gemäuer. Die Eremitage heißt es. Dort soll früher einer von den Baronen oder Grafen gehaust haben, der wie ein Mönch lebte und sich doch nicht ganz vom Stammsitz trennen wollte."

„Und da wohnt jetzt der alte Kunze? Was ist das für ein Mann? Auch eine Art Mönch?" erkundigte sich Hanni.

„Dazu ist er bestimmt nicht sanftmütig genug", meinte Herr Huber schmunzelnd. „Mit ihm ist gar nicht gut Kirschen essen. Ich habe unseren Gemeindeboten einmal hinbegleiten müssen. Den ließ er einfach nicht an seine Wohnung heran. Er hat einen großen schwarzen Hund; der liegt zwar an der Kette. Aber die Kette läuft wieder über ein langes Drahtseil. Da biegt das Tier plötzlich um die Ecke, ehe man es sich versieht. Unseren braven alten Boten hat vor Schreck fast der Schlag gerührt."

„Und was macht der . . . der – wie heißt er? – der alte Kunze dort?" fragte Nanni.

„Er arbeitet als Köhler. Das sind Leute, die in einem sogenannten Meiler Holz verkohlen. Früher war das ein angesehener Beruf. Jetzt wird die Holzkohle nicht mehr viel benutzt. Manche Lebensmittelbetriebe brauchen sie noch. Und zum Grillen wird sie verwendet. Aber das bißchen Verdienst ernährt keinen mehr. Nur dem Alten mag es noch zum Leben reichen."

„Du mußt bedenken, daß er den jungen Burschen als Verkäufer hat", sagte Erna.

„Wer ist das schon wieder?" erkundigte sich Hanni.

„Ein Kerl, der alle paar Wochen mit einem Kombiwagen in der Gegend aufkreuzt und angeblich immer beim alten Kunze übernachtet. Kann sein, daß er ein paar Kaufleute beliefert – mit Tüten und anderem Verpackungsmaterial. Ich weiß es nicht und bin froh, wenn ich mich damit nicht befassen muß", sagte Herr Huber.

„Und der alte Mann wohnt ganz allein dort bei dem Schloß?" fragte Nanni.

„Nein, es sind noch andere Bewohner da", antwortete Erna. „Zwei Frauen: Mutter und Tochter. Sie hausen genau am entgegengesetzten Ende vom Schloßbereich, in der ehemaligen Gärtnerwohnung. Die Tochter fährt jeden Tag in die Stadt und arbeitet dort. Die Mutter hat eine Unmenge Katzen. Die leben meist in den ehemaligen Gewächshäusern; da gibt es genug Mäuse. Und die alte Frau stellt ihnen jeden Tag Milch hin."

„Komisch, warum tut sie das?" erkundigte sich Nanni.

„Sie hat Katzen eben gern. Der alte Kunze hat übrigens eine Mordswut auf die Frau, weil die Katzen manchmal bis zu ihm hinüberlaufen. Dann regt sich sein Hund fürchterlich auf und bellt sich fast die Seele aus dem Leib. Und der alte Mann wirft Steine nach den Katzen und schimpft auf die Frau."

„Ihr seht: Sie leben dort wirklich wie Hund und Katze!" warf Herr Huber lachend ein.

Nach einer Weile fing Hanni noch einmal von dem Schloß an. „Ich verstehe bloß nicht, wieso wir ein Fest dort gesehen haben. Bestimmt. Wir haben nicht geträumt!"

„So recht geheuer ist es mir nicht", meinte Erna. „Aber ihr habt recht: Am hellichten Tag kann es kein Spuk gewesen sein."

„Wir fahren morgen noch einmal hin", schlug Nanni vor.

„Nein!" rief Erna energisch. „Oder wartet – davon abbringen kann ich euch doch nicht. Also komme ich mit. Wir können ja zu Fuß hingehen."

„Erna! Du bist ja eine Heldin!" rief Herr Huber vergnügt. „Da könnt ihr mal sehen, Zwillinge, wie lieb Erna euch hat. Sie riskiert sogar einen Gang zum Geisterschloß! Doch ich tue für eure Seelenruhe ein übriges: Ich nehme morgen meinen freien Nachmittag und begleite euch."

„Das ist nett von dir!" sagte Erna erleichtert.

Die Zwillinge unternahmen am nächsten Vormittag nichts, weil sie doch für den Nachmittag den Ausflug zum Geisterschloß planten.

Sie halfen Erna bei der Arbeit, damit sie gleich nach dem Essen aufbrechen konnten.

Bis zum Waldrand fuhren sie mit Hubers Wagen. Dann gingen sie zum Schloßteich, der genauso düster und fast unheimlich dalag wie tags zuvor.

Diesmal klang keine Musik vom Schloß herüber, auch kein Lachen und Rufen. Nur ein Specht hämmerte irgendwo gegen einen Baumstamm, und ein Häher warnte mit lautem Rätschen vor den Menschen, die in die Schloßallee einbogen. Aber die Fenster des Schlosses waren wirklich blitzblank, das mußten Hubers zugeben. Auch die schön geschwungene Freitreppe war ziemlich sauber. Und nicht weit davon, nach rechts hinüber, gab es tatsächlich den kleinen Tanzboden, von dem die Zwillinge berichtet hatten.

„Na, Erna, was sagst du nun?" rief Hanni triumphierend. „Glaubst du immer noch, daß es ein Spukfest war, was wir dort sahen?"

Erna schüttelte den Kopf. Sie war ratlos. Aber ihr Mann tröstete sie: „Ich finde es schon heraus. Verlaß dich drauf! Wozu hast du einen Polizisten zum Mann?"

„Also, jetzt möchte ich einmal das ganze Schloß sehen!" verlangte Erna. „Kommt, wir gehen erst mal um den Bau herum."

„Tapfer, tapfer", murmelte Herr Huber.

Erna gab ihm einen Stups mit dem Ellenbogen. „Mach dich ja nicht lustig über mich!" rief sie.

Wohin mag diese Tür wohl führen?

Während Hubers um die Ecke des Riesengebäudes gingen, hopsten die Zwillinge die Außentreppe hinauf und liefen über die Terrasse.

„Da ist eine Fenstertür!“ rief Nanni. Sie drückte die Klinke, und zu ihrer Verblüffung gab der rechte Türflügel knarrend nach.

Mit angehaltenem Atem blickten die Mädchen neugierig in die Schloßhalle.

„Los! Hinein!“ drängte Hanni. „Nur ein bißchen umgucken.“

Sekunden später standen beide staunend im Inneren.

Wie schön mußte das alles hier einmal gewesen sein! Verblaßte Deckengemälde, Wandmalereien und gewaltige, noch immer ein wenig funkelnde Kronleuchter ließen das ahnen.

„Weiter“, wisperte Nanni. Auf Zehenspitzen schlichen beide in den nächsten Raum.

Neugierig blickten sie sich um. Nun standen sie in einem großen Saal, der sich von der Vorderfront bis zur Gartenseite erstreckte; durch die Fenster der rechten Wand schimmerte das Grün der Bäume. Aber die Glasscheiben zur Rückseite des Schlosses waren wirklich so verstaubt und verschmutzt, wie Ernas Mann es geschildert hatte.

„Hubers müssen jetzt im Schloßgarten sein“, überlegte Hanni. „Vielleicht ist eine Tür auf der anderen Seite auch nicht abgeschlossen. Dann brauchen wir nur durch den Saal, und schon wären wir draußen und könnten sie überraschen!“

Hanni fand an der gegenüberliegenden Seite des Saales tatsächlich eine Fenstertür, die sogar nur angelehnt war. Sie blickten durch den Spalt.

„Da kommen die beiden!“ berichtete sie der Schwester. „Es sieht so aus, als hätten sie uns noch nicht vermißt. Na, Erna wird Augen machen.“

Noch einmal blickten die Mädchen im Saal umher. Ihre Tritte waren auf dem verstaubten Parkett deutlich zu erkennen.

„Sieh mal“, sagte Nanni, „dort sind noch andere Fußspuren! Sie führen hier von der Tür zu dem Wandschrank dort hinten. Wollen wir nachsehen, was drin ist?“

„Jetzt nicht. Hubers sind gleich da. Wir kommen ja wieder her.“

Draußen wurden ihre Namen gerufen. „Hanni, Nanni, wo steckt ihr bloß? Meldet euch doch!“ Ernas Stimme klang besorgt. „Komm, wir kehren um und suchen sie“, rief sie ihrem Mann zu.

„Hallo!“ Hanni und Nanni traten vor die Tür und taten sehr erstaunt.

„Wir haben gedacht, wir könnten den Weg abkürzen und sind quer durchs Schloß gegangen!“ behauptete Hanni.

„Das sieht euch ähnlich!“ Erna schüttelte den Kopf. Aber sie lachte schon wieder. „Wartet nur! Mich so zu erschrecken!“

„Wollt ihr nicht auch mal schnell ins Schloß hineingucken?“ fragte Nanni.

Herr Huber wollte – aber Erna blieb lieber draußen im Sonnenschein.

„Merkwürdig, daß hier so wenig Spuren zu finden sind“, sagte Herr Huber. „Man sollte doch meinen, daß die Festteilnehmer von vorgestern auch im Schloß waren.“

„Aber hier ist jemand entlanggegangen und hat sich drüben am Wandschrank zu schaffen gemacht!“ Nanni deutete auf den Abdruck eines großen Fußes auf dem staubigen Parkett. Sie gingen alle drei hinüber. Merkwürdig – der Schrank war abgesperrt. Und noch seltsamer: Das Schloß war neu – häßlich übrigens, es paßte gar nicht zu dem schönen alten Möbelstück.

„Das sieht fast so aus, als hätte sich dort jemand ein heimliches Versteck eingerichtet“, murmelte der Wachtmeister.

„Sein Polizistengehirn läuft auf vollen Touren“, sagte Hanni halblaut zur Schwester.

Herr Huber drohte ihr mit dem Finger, gab aber zu: „Du hast recht. Ich würde zu gern wissen, warum dieses neue Schrankschloß angebracht wurde – und von wem . . .“

„Halte dich da heraus“, riet Erna, als die drei ihr später von der Beobachtung im Saal berichteten. „Ich weiß, dein Herz klopft schneller bei dem Gedanken, daß hinter der verschlossenen

Schranktür vielleicht Diebesgut lagert, Broschen und Ketten oder wertvolle Bilder . . ."

„. . . oder Falschgeld", ergänzte Hanni.

Herr Huber drehte sich zu ihr um. „Wie kommst du darauf?"

„Och . . . ich dachte bloß dran, was Mechthild erzählte . . ."

„Ich auch", entfuhr es dem Wachtmeister. Aber gleich darauf lachte er und sagte: „Erna hat schon recht: Manchmal spinne ich."

„Nun aber zum alten Kunze!" rief Hanni.

Sie wanderten einen gewundenen Weg entlang. Die Buchsbaumhecken mußten in früherer Zeit bestimmt immer sorgfältig geschnitten worden sein. Jetzt war alles verwildert. Und auf den Wegen wuchs Gras und Unkraut. Durch die dichten Büsche erblickten die vier das Gemäuer der Eremitage erst, als sie fast schon davor standen. Die Stufen hinauf waren nur noch Trümmer. Die Fenster hatte man mit Latten zugenagelt. Eine Haustür gab es nicht.

Aber der Hund war zur Stelle: Er sauste plötzlich um die Ecke, bellte und japste wie verrückt.

Herr Huber hatte das vermutet und war vorangegangen, den Spazierstock fest in der Hand.

Trotzdem schrien Erna und die Zwillinge vor Angst und Schreck um die Wette.

„Kusch, Tyras!" rief Herr Huber energisch, und der Hund war sofort still.

„Wer ist da?" krächzte der alte Kunze; er kam hinter den Büschen hervor.

„Nur Spaziergänger", beruhigte ihn Herr Huber.

Brabbelnd zog sich der Alte mit seinem Hund zurück.

„Mehr könnt ihr von den beiden unwirschen Gesellen nicht verlangen", meinte Ernas Mann. „Besuchen wir die übrigen Bewohner des Schloßgeländes."

Da mußten sie freilich einen weiten Bogen machen. Sie entdeckten, daß eine halbhohe und fast ganz verfallene Mauer sich hinter dem Schloß entlangzog.

„Eigentlich muß dies für Buben doch ein herrlicher Spielplatz sein", meinte Nanni. „Räuber und Gendarm oder Indianer passen genau hierher!"

Herr Huber lachte. „Du vergißt, wie weit das Schloß von unserem Dorf weg liegt. Und die nächsten Orte sind noch entfernter. Außerdem: der Spuk!"

„Na, davor fürchten sich Buben gewiß nicht."

„Aber ihre Eltern haben es ihnen wohl verboten, hierher auf ein Abenteuer zu ziehen. Vielleicht haben manche es sogar trotzdem versucht. Doch der alte Kunze und sein Hund werden sie gewiß schnell vertrieben haben."

Nach einer Weile erreichten Hubers und die Zwillinge das andere Ende der Mauer. Nun sahen sie das ehemalige Gärtnerhaus und die drei großen verwahrlosten Gewächshäuser; die hatten kaum noch eine heile Scheibe. Auf ihren kahlen Fensterrahmen wanderten drei Katzen entlang; andere schliefen auf der Mauer in der Sonne.

Hanni sah in das erste Gewächshaus hinein, fuhr aber schnell zurück. „Pfui, ist das ein Gestank da drin!"

Die anderen lachten.

„Siehst du", meinte Herr Huber. „Auch hier ist also kein angenehmer Spielplatz."

Das Gärtnerhaus machte einen netten Eindruck. Es war sauber. In ein paar Fenstern standen Blumen, und in dem kleinen Vorgarten blühten Rosen und Astern.

Erna merkte, daß eine alte Frau hinter der Gardine stand und sie beobachtete. „Kommt, wir wollen weiter", drängte sie. „Was sollen die Leute denken, wenn wir so neugierig umherstarren?"

Sie wanderten wieder um das Schloß herum und auf die andere Seite des Teiches, wo der alte Kahn lag. Dort entdeckten sie eine Hütte. Vielleicht hatten sich früher die Schloßbewohner darin zum Baden umgezogen? Eine Liege stand noch da und ein alter Garderobenständer.

„Geheimnisvoll ist das doch", meinte Nanni, als sie alles angeschaut und auch einen gewaltigen hohlen Baum in der Nähe untersucht hatten: Darin führte eine schmale Leiter bis zu den Ästen hinauf. Dort oben mußte ein Baumhaus gewesen sein, in dem gewiß einmal Kinder gespielt hatten. Ein paar Bretter und eine schief hängende Bank brachten die Zwillinge auf diesen Gedanken.

„Geheimnisvoll und ein bißchen traurig", fuhr Nanni fort. „So vieles ist noch deutlich zu erkennen von dem Leben, das Menschen früher einmal hier geführt haben. Und trotzdem ist alles vorbei. Keiner weiß etwas davon."

„Ja", sagte Hanni, „eigentlich müßte man immer wieder nachforschen, ob es nicht doch noch Erben gibt."

„Na, da könnt ihr ja einmal euer Heil versuchen", meinte Erna mit gutmütigem Spott, „aber ein bißchen älter müßt ihr dann wohl sein."

Den Zwillingen ging das Schloß gar nicht mehr aus dem Sinn. Sie schrieben den Eltern davon, als sie ihnen Post nach Spanien schickten.

Auch Wachtmeister Huber hatte weiter über das Fest vor dem Schloß nachgedacht. Er hatte den Bürgermeister besucht und ihm die Geschichte erzählt. Eines Abends kam der Bürgermeister auch zu Hubers. Es war der alte Herr, mit dem die Zwillinge schon im Zug geplaudert hatten.

„Da haben wir die beiden ja wieder", begrüßte er sie lachend, „meine netten Reisegefährtinnen. Nun, wie gefällt euch unser Rottleben? Ihr habt ja schon allerlei entdeckt, wovon hier kein Mensch wußte!"

Erstaunt sahen die Schwestern ihn an. Sie hatten sich inzwischen alle in die Laube gesetzt, die dicht am Garten stand. Erna hatte Gläser und eine Flasche Wein geholt. Sie wußte, wie gern der Bürgermeister abends ein Glas trank.

„Ja", fing der alte Herr wieder an, „mit diesem Fest hat es seine Richtigkeit. Weil Herr Huber mir davon erzählte, habe ich beim Landratsamt nachgefragt. Man hat vor dem Schloß einen Film gedreht. Der Wachtmeister hatte also richtig getippt."

„Du?" fragte Erna ihren Mann. *„Du* hast das vermutet?"

„Ja!" Er lachte vergnügt und meinte: „Unsere Gäste haben mich auf den Gedanken gebracht. Du weißt doch, daß sie von dem Sommerfest im Internat erzählten, bei dem auch Kübelpflanzen als Dekoration aufgestellt wurden. Und wo benutzt man solche Attrappen noch? Zum Beispiel beim Film. Als die Mädchen außerdem von Fotografen sprachen, war ich meiner Sache ziemlich sicher."

„Übrigens habe ich bei dieser Gelegenheit noch etwas Interessantes erfahren", erzählte der Bürgermeister. „Man hat doch von Zeit zu Zeit Aufrufe nach den Erben von Baron Harringer veröffentlicht. Da hat sich vor etwa einem Jahr jemand gemeldet. Von Australien hat ein Mann geschrieben. Er behauptet, daß seine Mutter Harringer hieß. Sein Vater war bürgerlich, und die Mutter war heimlich mit ihm von zu Hause geflohen. Eine ganz romantische Geschichte, nicht wahr, ihr Mädchen?"

Hanni und Nanni nickten eifrig. Das hörte sich an wie ein Roman!

Der Bürgermeister lächelte ihnen zu und fuhr fort: „Die Eltern des Mannes sind tot. Und er wußte nichts Genaues von ihrem Heimatort. Aber er schrieb: ‚Wenn ich genug Geld gespart habe, komme ich nach Deutschland. Das wollte ich längst einmal. Und bis dahin versuche ich, auch noch Anhaltspunkte in den Papieren meiner Eltern zu finden.' Ja, das ist nun aber schon länger als ein Jahr her. Seitdem hat man nichts wieder von ihm gehört."

„Da sollte man aber doch etwas unternehmen!" rief Erna. „Ich meine: die Behörden!"

„Ja, das ist wahrscheinlich schwierig. Ob der junge Mann – ich nehme an, daß er noch jung ist – eine feste Adresse angab, weiß ich nicht. Oder er hat inzwischen herausgefunden, daß alles ein Irrtum war. Wer weiß?"

„Und einstweilen verlottert alles weiter!" rief Hanni empört. „Warum sucht man den Erben nicht von neuem?"

„Wahrscheinlich ist in Australien nicht alles so sicher geregelt wie bei uns – mit polizeilicher An- und Abmeldung. Vorausgesetzt, daß es wirklich der richtige Erbe war“, meinte Herr Huber. „Immerhin ist vielleicht eine Lösung in Sicht.“

„Wir werden jedenfalls die Augen und Ohren offenhalten“, versicherte Hanni. „Vielleicht finden wir doch eine weitere Spur.“

„Das wäre schön“, sagte der Bürgermeister lachend. „Der Erbe kann sich dann bei euch bedanken. Es ist nämlich keine Kleinigkeit, was er erbt!“

Neue Gesellschaft

Kurz darauf machten die Zwillinge aber eine andere Entdeckung, und die war genauso überraschend wie die Geschichte mit dem Geisterschloß.

Ernas Mann erzählte beim Abendessen: „Heute haben wir eine weite Kontrollfahrt gemacht. Bis an den äußersten Zipfel unseres Gebietes – fast bis Stempelbach, und das gehört schon zum Nachbarkreis."

„Stempelbach?" riefen die Zwillinge.

„Nanu, kennt ihr den Ort?" fragte Herr Huber.

„Stempelbach am Rodenberg?" erkundigte sich Hanni.

„Genau das!" nickte der Wachtmeister.

„Dort wohnt eine Freundin von uns, Jenni Robin!" sagte Nanni. „Die sollten wir besuchen, wenn wir so in der Nähe sind!"

„Wie weit ist es denn von hier? Wir können ja mit den Rädern hinfahren und vielleicht über Nacht bleiben", erkundigte sich Hanni.

„Ich weiß nicht recht", überlegte Erna. „Es ist doch eine ziemlich weite Strecke, nicht wahr, Klaus?"

„Etwa sechzig Kilometer."

„Da lasse ich euch nicht gern fahren, offen gesagt. Schließlich tragen wir beide, mein Mann und ich, die Verantwortung für euch. Eure Eltern sind im Ausland, die können wir also nicht anrufen. Meint ihr nicht, daß wir sonntags mal hinfahren sollten?"

Die Zwillinge sahen sich an. Sonntags? Wenn Hubers mit dabei waren und sich in Stempelbach wahrscheinlich auch die ganze Familie versammelt hatte? Hanni und Nanni drucksten herum – sie wußten nicht, wie sie Erna klarmachen sollten, was sie dachten.

Wachtmeister Huber grinste. „Tja", sagte er, „ich weiß, was ihr denkt."

„So?"

„Ja, ihr überlegt krampfhaft: Wie sag ich's meinem Kinde – in diesem Fall: Wie sagen wir's Erna? Daß ihr euch nämlich einen Ferienbesuch bei eurer Freundin anders vorstellt. Ihr möchtet dann hübsch unter euch sein. Stimmt's?"

„So ungefähr", sagte Nanni leise. „Wir wissen ja, daß Erna es gut meint. Aber . . ."

„Da mache ich euch einen anderen Vorschlag, und ich glaube, Erna ist auch damit einverstanden." Herr Huber sah seine Frau an. „Wir laden eure Jenni hierher ein. Schreibt ihr, und wenn ihre Eltern Bedenken haben, dann können wir immer noch hinfahren, uns vorstellen und eure Freundin vielleicht gleich abholen. Einverstanden, Erna?"

„Freilich, das geht!"

Hach, war das eine Erleichterung! Die Zwillinge setzten sich noch am gleichen Tag hin und schrieben . . .

Von Jenni kam postwendend Antwort. „Himmlisch! Wir dürfen fahren, mein Bruder und ich, und zwar mit den Rädern", schrieb sie. „Ich hoffe, Eure Hubers haben nichts dagegen, daß Jürgen mitkommt! Ohne ihn darf ich nämlich nicht!"

„Prima!" rief Hanni, als sie gemeinsam den Brief lasen. „Jennis Bruder wollte ich längst mal kennenlernen. Er hat Jenni die besten Streiche verraten, die wir in Lindenhof dann angestellt haben. Aber was werden Hubers sagen?"

„Natürlich darf er mitkommen", erklärte Erna später. „Schreibt nur gleich, oder ruft heute abend an."

„Aber wo können die beiden schlafen?" fragte Hanni.

„Nebenan bei Webers. Wir helfen uns immer gegenseitig aus, wenn Gäste unterzubringen sind", sagte Erna. „Ich erkundige mich zur Sicherheit gleich, ob sie zur Zeit Platz haben."

Schon am anderen Mittag waren die Geschwister in Rottleben. Jubelnd sausten die Zwillinge ihnen entgegen. Sie hatten sich am Vormittag im Haus nützlich gemacht, denn Erna hatte ja ihretwegen nun wieder eine ganze Menge Arbeit mehr.

Die vier saßen in der Laube und hielten Kriegsrat

„Laßt nur, mir macht es ja selber Spaß", sagte sie, als die Zwillinge besorgt fragten, ob es ihr nicht zu viel würde. Und ihr Mann verzichtete an diesem Tag sogar auf die halbe Stunde Zeitunglesen in der Laube, weil er seine helle Freude an der jungen Gesellschaft hatte. Er rauchte behaglich und ließ sich von den Geschwistern über ihre Fahrt berichten.

Nachmittags aber hielten Hanni und Nanni mit ihren Gästen in der Laube großen Rat, was sie alles unternehmen wollten.

„Vor allem müßt ihr das Geisterschloß sehen!" rief Nanni.

Jenni staunte, und Jürgen lachte. Aber er lachte nicht mehr, als er von dem seltsamen Schrankschloß und von Nannis Bemerkung über Falschgeld hörte.

„Wißt ihr, daß in unserer Gegend seit einer Weile Falschgeld im Umlauf ist und daß man mit allen Mitteln versucht hat, die Bande zu fangen? Bis jetzt übrigens ohne den geringsten Erfolg."

„Woher weißt du das so genau?" wollte Hanni wissen.

„Ein Freund von mir hatte auch einmal einen falschen Zwanzigmarkschein und mußte deshalb zur Polizei. Wir haben uns natürlich dahintergeklemmt, mehr zu erfahren. Der Polizeiinspektor hat uns sogar ermahnt, die Augen offenzuhalten."

„Du, es wäre doch gar nicht unmöglich, daß die Bande hier so eine Art Schlupfwinkel hat", meinte Nanni. „Vielleicht holen sie das Falschgeld immer hier ab, ehe sie es verteilen."

„Dann wäre vielleicht auch das Spuklicht erklärt", sagte Hanni nachdenklich. „Bei Tage kann es ja niemand wagen, an den Schrank zu gehen. So, wie wir durchs Schloß gingen, so machen es vielleicht andere auch. Und dann ist noch der alte Kunze da."

„Wenn der bloß nicht mit den Verbrechern gemeinsame Sache macht!" rief Nanni.

Aber ihre Zwillingsschwester tippte sich an die Stirn. „Jetzt spinnst du. Der wird sich hüten. Ihn hätten sie ja sofort gefaßt."

„Es war ja auch bloß ein Gedanke."

„Auf alle Fälle müssen wir das Schloß beobachten", sagte Jürgen.

Aber Hanni fragte sofort: „Kannst du uns verraten, wie wir nachts dort hinkommen? Erna darf unter keinen Umständen etwas merken."

„Darüber müssen wir nachdenken. Wir haben ja ein paar Tage Zeit", meinte Jürgen. „Jenni und ich dürfen zehn Tage hierbleiben. Schade ist bloß, daß wir im Dorf niemanden kennen, der mitmacht. Oder wißt ihr jemanden?"

Hanni und Nanni schüttelten den Kopf. Doch sie bekamen unvermutet Hilfe: Am nächsten Morgen erschien der Bürgermeister noch einmal, weil er mit Wachtmeister Huber zu sprechen hatte.

Er brachte seinen Enkel Peter mit, der ungefähr so alt wie Jennis Bruder war.

„Dich schickt ein guter Geist", rief Jürgen. „Stell dir vor: Ich sitze hier mit drei Mädchen einsam und verlassen. Willst du mir nicht beistehen?"

Der Bürgermeister hatte es gehört. Vergnügt schlug er Jürgen auf die Schulter. „Ich wollte ihn eben mit den Zwillingen bekannt machen, damit sie öfter gemeinsam etwas unternehmen. Peter ist nur über die Ferien bei mir zu Hause und freut sich gewiß über Gesellschaft."

Na also – das traf sich ja großartig!

Peter war ein lustiger Bursche, mit dem sich alle gut verstanden.

Am ersten Tag unternahmen sie nicht viel. Jenni und Jürgen wollten sich das Dorf genau ansehen. Dann zeigten ihnen Hanni und Nanni Hubers Haus und jeden Gartenwinkel. Anschließend gingen sie gemeinsam hinüber zum Bürgermeister. Dort war auch für die Zwillinge alles neu, und nun führte Peter.

Der Bürgermeister besaß ein uraltes Haus.

„Früher war es ein Gasthof für die Kaufleute, die mit Planwagen die Straßen entlangzogen", erklärte ihnen Peter. „Das ist schon ein paar hundert Jahre her. Unsere Familie hat immer in diesem Haus gewohnt. Meine Vorfahren waren übrigens auch Handelsherren. Ihr seht das hohe Dach. Darunter liegen zwei Speicher, in denen früher die Waren lagerten."

Sie stiegen im ganzen Haus herum. Die Mauern waren so dick, daß in der Küche Schränke in Wandnischen Platz hatten. Und in einigen Zimmern waren die Decken gewölbt und mit allerlei Stuck verziert.

„Das ist ja beinahe wie im Schloß", meinte Hanni.

Peter nickte. „Es gibt übrigens eine Sage, daß von einem unserer Keller ein Gang zum Schloß hinüberführt. Aber das glaube ich nicht. Sonst müßte man ihn doch längst gefunden haben."

Natürlich wollten die Mädchen nun auch in den Keller hinunter.

„Dürfen wir denn?" fragte Jürgen. Ihm war diese Neugierde peinlich.

„Natürlich dürfen wir." Peter sah Jürgen erstaunt an. „Wer sollte es verbieten? Großvater kümmert sich nicht darum."

„Und deine Großmutter?"

„Sie lebt schon lange nicht mehr. Den Haushalt führt die alte Lene. Bei der darf ich alles tun. Sie ist froh, wenn ich in den Ferien hier wohne."

Die Keller waren sehenswert – wie das ganze Haus. Eine breite, steile Treppe führte hinunter.

„Siebzehn Stufen!“ rief Jenni.

Unten teilten sich die Gänge: zum Wirtschaftskeller – mit Eingemachtem, mit Weinflaschen, mit Äpfeln und Kartoffeln – und zum Heizungskeller, in dem allerlei Gerümpel und Werkzeug lag.

„Ich will mir hier unten einen Hobbyraum einrichten“, erklärte Peter. „Großvater hat mir eine Heimwerkermaschine versprochen, wenn ich in die neunte Klasse komme. Hoffentlich schaffe ich es.“ Er öffnete die Tür zu einem Raum, der – bis auf einen alten quadratischen Tisch und ein Regal mit Hämmern, Zangen und Sägen – leer war. „Hier! Das wird der Hobbyraum!“

„Junge, Junge – so etwas wünschte ich mir auch“, murmelte Jürgen.

Aber seine Schwester puffte ihn kameradschaftlich in die Seite. „Bis jetzt hast du eigentlich nur Sachen zusammengebastelt, wenn du für die Schule neue Streiche vorbereiten wolltest.“

„Ist das vielleicht kein Hobby?“ fragte Jürgen.

Beim Mittagstisch und abends erzählten die drei Freundinnen Hubers viel von Lindenhof.

Erna amüsierte sich köstlich über die französische Lehrerin, die auf alle Dummheiten hereinfiel und sich jedesmal entsetzlich ereiferte und aufregte.

„Mamsell Fürchterlich haben wir sie früher immer genannt“, berichtete Nanni. „Sie schrie nämlich immer ‚Fürschterlisch – fürschterlisch!‘, wenn eine Arbeit schlecht ausgefallen war oder eine von uns nicht richtig gelernt hatte.“

Immer wieder mußten sie erzählen, und bald wußte Erna, wer alles zu ihrer Klasse in Lindenhof gehörte: ihre Freundin Bobby, Mamsells heißgeliebte Nichte Claudine, die wilde Carlotta, die großartig reiten konnte, die eitle Angela von Faber, die ehrgeizige Sportwartin Marianne und ihre schüchterne Freundin Carla, Doris, eine geborene Schauspielerin, die besonders Mamsell wunderbar nachmachen konnte, und all die anderen, mit denen sie nun schon lange Zeit zusammen in Lindenhof lebten.

„Und eure Kusine Elli ist auch dort?“ fragte Erna. Sie erinnerte sich noch gut an das zimperliche, verwöhnte Mädchen, das ab und zu bei Sullivans zu Besuch war.

„Ja.“ Die Zwillinge nickten. „Und sie ist noch immer die Zierpuppe wie früher“, sagte Hanni.

Aber Jenni nahm Elli in Schutz: „Sie hat sich in der letzten Zeit gebessert. Wenn ihr denkt, wie sie früher die verrücktesten Freundschaften schloß. Zum Beispiel mit ihrer angeschwärmten Sadie aus Amerika!“

„‚Sadie sagt ...‘ – ‚Sadie findet ...‘ – so ging es die ganze Zeit“, sagte Hanni, und Nanni rief: „Na, und wie sie die Willemer anhimmelte. Wißt ihr noch?“

Erna lachte laut los, als die drei Mädchen um die Wette Elli nachahmten, wie sie die dichtende Lehrerin bewundert hatte.

„Manchmal hatte ich schon Angst, es könnte euch bei uns langweilig werden“, sagte Erna abends vor dem Schlafengehen zu Hanni und Nanni. „Deshalb bin ich froh, daß ihr nun so viel Gesellschaft habt.“

„Langweilig?“ riefen die Schwestern wie aus einem Mund. „Bei dir ist es doch nicht langweilig, Erna.“

„Aber natürlich ist es furchtbar nett mit den drei anderen“, fügte Hanni hinzu.

„Und du bist unsere allerbeste, allerliebste Erna“, schmeichelte Nanni.

„Ihr Schmusekatzen“, wehrte Erna gerührt ab. „Nun schlaft recht gut, und träumt etwas Schönes.“

„Ja, von faulen Eiern und Fischen und lauter Schlangen!“

„Untersteht euch!“

Mit schallendem Gelächter verschwanden die Zwillinge in ihrem Dachstübchen.

Große Schloßbesichtigung

Die fünf Freunde beschlossen, sich das Schloß einmal gründlich zu betrachten. Sie brachen beizeiten auf, stellten die Räder in der kleinen Hütte am Teich ab, die Hanni und Nanni „Badehaus" getauft hatten, und gingen zum Schloß.

Die Zwillinge führten ihre Begleiter zuerst in den großen Raum, in dem sie schon gewesen waren. Danach aber öffneten sie auch die anderen Türen, die von einem langen Gang in die verschiedenen Zimmer führten. Da waren ein paar Wohnzimmer, die noch beinahe gemütlich wirkten. Nur lag eine dichte Staubschicht auf allen Möbeln. Glasschränke voller Gläser, ein paar schöne Truhen – das war neben Tischen und Stühlen die ganze Einrichtung. Manchmal schien es, als ob Sachen fehlten, ein paar Räume waren gar zu sparsam möbliert.

„Dies hier muß ein Schlafzimmer gewesen sein", rief Jenni plötzlich. Auf Zehenspitzen schlichen die anderen ihr in das große Zimmer nach. Im Hintergrund stand ein zierlicher Frisiertisch mit verschiedenen Spiegeln und allerlei Töpfen und Dosen. Eine Tür daneben ging ins Badezimmer, wo ein riesiger Ofen neben der Wanne stand.

Überhaupt die Öfen! Nun erst fielen sie den Besuchern auf. Sie reichten fast bis an die Decke. Als die Freunde nach den Feuerlöchern suchten, fanden sie die draußen am Gang, immer eines für zwei Öfen in benachbarten Zimmern. Schön verkleidete niedrige Holztüren waren davor. Jede führte in einen kleinen Raum, der etwa einen Meter lang, ebenso hoch und breit war.

„Das sind ja Öfen wie bei Hänsel und Gretel", meinte Hanni. „Wen soll ich hineinschieben?"

Niemand drängte sich danach.

„Wieviel Kohlen werden die Leute früher gebraucht haben, um das Schloß warm zu kriegen!" sagte Jürgen.

„Wahrscheinlich haben sie Holz genommen und in jedem Winter einen ganzen Wald verheizt", erklärte Peter. „Davon besaßen sie ja genug. Denkt nur, wieviel Wald heute immer noch zum Schloß gehört."

Nun ja, Peter wußte es von seinem Großvater. Und wieder einmal sagte Hanni: „Wenn man sich vorstellt, daß es irgendwo einen Menschen gibt, dem das alles gehört, und daß der es nicht weiß – das ist doch toll!"

„Vielleicht ist er viel zu arm, um herzureisen", meinte Nanni nachdenklich.

„Jedenfalls finde ich: Wenn dies schon ein Geisterschloß ist, dann könnte sich einer der Geister bemühen, einen Erben herbeizuzaubern!" sagte Jenni. „Das wäre doch wirklich eine Aufgabe für ihn!"

Die Freunde entdeckten ein Schreibzimmer, ein Jagdzimmer mit vielen Geweihen und einem großen Gewehrschrank – und ganz am Ende des Ganges eine Küche mit einem Riesenherd und unendlich vielen Pfannen, Töpfen und Tiegeln. Da kamen sie sich wieder wie im Märchen vor.

„Wenn man die Speisen aber erst von hier zu dem Saal dort vorn schleppen mußte, war alles bestimmt schon kalt", überlegte Jenni.

Jürgen lachte. „Mach die Augen auf: Hier nebenan war das Eßzimmer! Sieh dir den runden Tisch an, der ist bestimmt zum Ausziehen eingerichtet. Und dort in den Wandschränken steht Geschirr."

Natürlich – Jürgen hatte recht.

„Jedenfalls muß es schön gewesen sein, hier zu wohnen", sagte Nanni. „Peter, hast du eine Ahnung, was es für Leute waren?"

„Nicht die geringste", gestand Peter. „Offen gesagt, ich habe mich nie um das Geisterschloß gekümmert. Wahrscheinlich hat die alte Lene sich gehütet, mir davon zu erzählen. Sonst wäre ich bestimmt hier herumgekrochen."

„Und der Gang?" fragte Jenni.

„Was für ein Gang?" Jürgen sah seine Schwester erstaunt an.

„Na, Peter hat doch erwähnt, daß vielleicht ein alter Gang vom Keller seines Großvaters hierherführte."

„Ach, das ist bloß eine Sage", wehrte Peter ab.

Doch was half es? „Wir suchen jetzt den Keller", erklärten die drei Mädchen einmütig.

Der war aber gar nicht einfach zu finden. Sie hatten es schon beinahe aufgegeben, als Jürgen vorschlug, draußen zu suchen. Und siehe da: An der Seite war eine Tür, die aber verriegelt war. Doch der Riegel gab nach einigem Rucken und Schütteln nach. Er war verrostet und zerfiel, als er so gewaltsam bearbeitet wurde.

„Eine Kerze . . . Wer hat eine Kerze?" rief Nanni.

Natürlich Peter! Er hatte sich ausgerüstet wie ein Spurensucher aus einem Gespensterfilm.

„Wenn das schon ein Geisterschloß sein soll", sagte er lachend, „muß man auch eine Kerze in der Tasche haben."

Sie stiegen vorsichtig die Stufen hinunter. Unten gelangten sie in einen großen Raum mit Bänken an den Wänden und langen Tischen davor, Hängeschränken voller Becher und Gläser . . . Schade, daß sie bei dem schwachen Lichtschein so wenig erkennen konnten.

Jürgen meinte: „Sicher hat der Schloßherr hier unten mit Freunden gebechert. Ob seine Frau das gewußt hat?"

Die Mädchen kicherten.

Aber Peter drängte: „Das Licht genügt nicht. Wir müssen mit Laternen wiederkommen."

„Den Boden wollen wir uns aber auch noch angucken", sagte Jenni. „Ich habe neben der Küche eine Tür gesehen. Hinter der führt eine flache Treppe hinauf!"

„Ihr könnt gern gehen", sagte Jürgen. „Oben fliegen euch sicherlich ein paar Fledermäuse entgegen, und von Spinnen wimmelt es gewiß auch."

Da verzichteten die Mädchen.

Als sie zum Badehaus zurückkehrten, zeigten die Zwillinge ihren Freunden die Leiter in dem hohlen Baum. Hinaufklettern konnten sie nicht. Die Sprossen waren morsch.

4 3668-8

Nur Peter versuchte es mit einem Klimmzug. Bis ans Baumhaus gelangte er. Aber die Bretter hingen so unglücklich zwischen den Ästen, daß er nicht daran vorbeikam.

„Das kriegen wir das nächstemal", rief er den anderen zu, ließ die Beine hinunterbaumeln und landete mit einem großen Sprung wieder auf der Erde.

„Sport eine Eins!" rief Hanni anerkennend.

Peter nickte. „Das sowieso, ich habe darin noch nie eine andere Note gehabt."

Mechthild musterte erstaunt die neuen Gäste, als sie am Wochenende erschien. Aber Jürgen spielte den Kavalier, holte ihr sofort einen Stuhl und war überaus liebenswürdig. Da änderte auch Mechthild ihr Benehmen. Bald war sie lustig und vergnügt.

„Was machen wir am Sonntag?" fragte sie laut. Hubers horchten auf. Das klang ja, als ob Mechthild diesmal dabeisein wollte, wenn sie einen Ausflug machten!

„Wenn das Wetter schön bleibt, fahren wir zum Baden", sagte Erna. „Der Bürgermeister fährt auch mit. Und Peter natürlich. In zwei Autos haben wir alle Platz."

Das Wetter blieb schön. Der Fahrt zum Kellersee stand nichts im Wege ...

„Das sind ja richtige Schleichpfade", sagte Mechthild zu ihrem Bruder, als er sein Auto in einen Waldweg lenkte, den sie vor lauter Unterholz vorher nicht gesehen hatte. „Führt keine Straße zum See?"

„Nein", antwortete er, „und das ist ein Glück. Sonst wären die Ufer längst übervölkert!"

Trotzdem mußten schon einige Badegäste dort gewesen sein. Am zerdrückten Gras, an vergessenen Tüten und einer Kochstelle aus Feldsteinen stellten sie das fest.

Sie badeten, spielten auf der moorigen Wiese Federball und verloren dabei im weichen Grund immer wieder die Leinenschuhe. Die Erwachsenen suchten sich trockene Plätze und hielten nach dem Picknick einen Mittagsschlaf.

„Kommt mit!“ sagte Peter zu den Freunden. „Drüben in der Bucht wollen wir angeln!“

Er holte zwei Angelruten aus dem Kofferraum. Angelschnüre und Haken hatte er auch dabei. Von zwei Haselnußbüschen schnitt er sodann ein paar lange, geschmeidige Gerten.

„Die ergeben zwei zusätzliche Angeln“, sagte er. „Mein Vater hat mir früher immer nur solche gegeben.“

„Fischt dein Vater auch?“ erkundigten sich die Zwillinge.

„Klar, diese Angelruten gehören ihm. Du bekommst eine, Jürgen.“

Sie suchten sich in der Bucht Stellen, die Peter für günstig hielt: auf Holzstämmen, die im Wasser lagen, und auf großen Steinen.

„Vor allem müßt ihr ruhig sein und viel Geduld haben“, sagte er mahnend.

Das wollten sie herzlich gern.

Aber einmal rutschte Mechthild aus und quietschte vor Schreck, einmal stach Nanni eine Mücke genau auf die Nase, und sie schlug entrüstet nach ihr, und schließlich bekam Jenni einen ihrer berühmten Kicheranfälle, mit denen sie in Lindenhof so oft und gern herausplatzte.

„Entschuldigt“, rief sie, als sie sich einigermaßen erholt hatte. „Es ist aber zu komisch, wie wir alle mit todernsten Mienen dastehen und hoffen, daß vielleicht einmal ein Fisch anbeißt.“

Da mußten die anderen Mädchen auch lachen.

Jürgen dagegen meinte: „Euch fehlt eben der richtige Sportgeist.“

„Hast du eine Ahnung!“ gab Hanni empört zurück. „Du solltest uns mal in Lindenhof beim Handball sehen!“

„Angeln ist doch gar kein richtiger Sport“, meinte Mechthild. „Einfach still stehen und warten . . . Na, ich weiß nicht.“

Doch die Frage: „Sport oder nicht“ konnten sie nicht weiterverfolgen. Jürgen rief: „Es hat einer angebissen!“

„Du mußt aufspulen“, rief Peter, „und zuerst anreißen, daß sich der Haken festsetzt. Komm, laß mich mal!“

Gespannt blickten sie aufs Wasser.
Wer wird wohl den ersten Fisch fangen?

Er nahm Jürgen die Rute aus der Hand und zog kurz und heftig daran. Dann gab er sie ihm zurück. „Immer aufspulen", sagte er, „und ruhig bleiben!"

Jürgen spulte und spulte.

„Ein schwerer Bursche muß das sein", meinte er. „Kommt anscheinend von ganz unten!"

Mit einem Schrei hopste Nanni ans Ufer und warf sich lachend auf die Erde. Jürgen machte ein sehr dummes Gesicht und wollte seinen Fang sofort wieder ins Wasser schleudern. Aber Peter war schneller, riß ihm die Angel aus der Hand und schwenkte sie mit aller Macht ans Ufer.

Am Angelhaken hing ein Plastiktier, wie Kinder es zum Schwimmen oder Spielen mit ins Wasser nehmen. Wenigstens handelte es sich um den Überrest eines derartigen „Tieres". Die

Hülle war gerissen, die Luft entwichen und die grüne Form platt gepreßt.

„Laß doch mal sehen", sagte Peter zu Jürgen. „Untersuchen soll man solchen Fang immer!"

Offenbar war das kaputte Ding ein „Krokodil" gewesen, giftiggrün und mit einem langen Kopf sowie spitzen weißen Zähnen. Und mit riesigen roten Nasenlöchern!

„Länger als ein Meter!" stellte Peter fest. „Ein ganz schönes Reittier."

Sie lachten und überlegten laut, wozu Jürgens Beute wohl gut sein könnte.

Plötzlich klang hinter ihnen Herrn Hubers Stimme: „Das ist ja eine reizende Bescherung! Ich bin Ordnungshüter in diesem Bezirk und muß meine Gäste, ja sogar meine Schwester, beim wilden Angeln ertappen! Habt ihr am Waldrand nicht das Schild gelesen: Angeln ohne Erlaubnisschein ist strengstens verboten?"

Betroffen sahen alle ihn an. Redete er im Ernst, oder machte er Spaß? Du liebe Zeit – niemand hatte sich etwas Schlimmes bei der Angelei gedacht. Das Schild ... Wer hatte schon darauf geachtet?

„Kinder, Kinder, ihr könnt einen wirklich in Verlegenheit bringen", sagte Herr Huber. Er wischte sich den Schweiß von der Stirn. „Wenn das nun jemand beobachtet hätte!"

Der Bürgermeister lachte. „Lieber Huber, Sie haben eines übersehen: Unter dem Verbot steht: Das Bürgermeister-Amt Rottleben. Und der Bürgermeister bin ich. Außerdem vermute ich, daß mein Enkelsohn der Anstifter des ganzen ‚Vergehens' ist. Stimmt's, Peter? – Na also!"

Da lachten alle befreit auf. Erna, die ihren Mann die ganze Zeit beschwichtigend am Ärmel gezupft hatte, fragte: „Was habt ihr überhaupt gefangen? Reicht es fürs Abendbrot?"

Unter lautem Hallo wurde das Krokodil vorgezeigt.

„Auf den ausgestandenen Schrecken hin lade ich die ganze Gesellschaft zu einer Riesenportion Eis ein", sagte der Bürgermeister. Er sah Hubers an: „Wer will, kriegt Eiskaffee."

So gingen sie zu den Autos zurück und fuhren in die nächste Ortschaft, in der ein Café war. Peter hatte das „Krokodil“ mit dem Angelzeug im Kofferraum verstaut.

„Ich habe eine Idee, was man damit anfangen könnte“, sagte er leise zu Nanni, die ihn beobachtet hatte.

Was mochte er vorhaben?

Das Ungeheuer im Geistersee

Diese Frage stellte Nanni am andern Morgen laut, während sie und Hanni mit ihren Gästen zum Bürgermeisterhaus hinüberfuhren, um Peter abzuholen.

Sie lehnten ihre Räder an den Zaun und warteten, bis Peter sein Rad aus der Scheune geholt hatte. Er brachte ein großes Paket mit.

„Ich erkläre euch draußen vor dem Dorf, was darin ist", erklärte er geheimnisvoll. „Wir fahren zur nächsten Reparaturwerkstatt."

„Peter hat immer etwas Besonderes auf Lager", sagte Hanni zu ihrer Schwester. „Ich bin wirklich gespannt!"

Sie fuhren zu der kleinen Werkstatt, in der Jürgen gleich am Morgen nach ihrer Ankunft einen Schlauch hatte flicken lassen. Peter wickelte sein Paket aus. „Kannst du das flicken, Heinz?" fragte er den Lehrling, der herankam. „Das Krokodil nämlich!"

Die anderen lachten. „Was willst du denn damit?" rief Jürgen.

„Paßt auf", sagte Peter, „wenn Heinz es fast geflickt hat, lassen wir die Hülle halb voll Wasser laufen. Dann wird das Loch ganz geschlossen."

„Und dann?" erkundigte sich Hanni neugierig.

„Das werdet ihr schon sehen!" antwortete Peter.

Heinz war sehr eifrig. Sein Chef nickte Peter zu. „Schafft Heinz es allein?"

„Klar, Herr Herrmann. Danke schön! Eigentlich hätten wir es selber machen können. Aber in der Werkstatt geht's schneller."

Er bezahlte am Schluß eine Mark, nahm das halb mit Wasser gefüllte Krokodil unter den Arm und schwang sich auf sein Rad. Die anderen folgten ihm. Das Wasser gluckerte und gurgelte in der Hülle, wenn Peter den Arm drehte, und das „Tier" nahm die merkwürdigsten Formen an. Jenni kicherte wieder laut und ansteckend.

Peter machte einen weiten Bogen um Rottleben und fuhr dann in die Richtung des Geisterschlosses. Am Teich machte er halt.

„Nun werden wir das Biest noch mit Luft völlig ausfüllen und es in den See befördern“, erklärte er. „Jürgen, kannst du es aufpumpen?“

Er selber stand bald in der Badehose auf einem Baumstamm, der ins Wasser ragte. Mit dem prallen Krokodil unterm Arm sprang er nun in den Teich. Fast in der Mitte setzte er das Plastiktier aus und schwamm zurück. Die anderen erkannten vom Ufer aus schnell, was Peter sich ausgedacht hatte: Das Krokodil tauchte zur einen Hälfte ins Wasser, zur anderen ragte es über die Oberfläche. Durch die Bewegung im Wasser nickte es auf und ab und schien zu schwimmen.

„Das ist ja beinahe wie das Ungeheuer in dem See in Schottland“, rief Jürgen, „im Loch Ness.“

„Richtig!“ Hanni begriff sofort. „Dies ist Nessie Nummer zwei, Nessie vom Geisterschloß.“

Na, das war ein Spaß! Solange Peters Schwimmbewegungen Wellen im Teich verursachten, klappte es herrlich. Zu ihrem Vergnügen gab es aber auch dann immer ein wenig Leben im Teich – durch die Wasservögel und durch den Wind. Nessie blieb in Bewegung.

„Verratet niemand etwas davon!“ sagte Peter. „Wir wollen abwarten, ob jemand unser Krokodil entdeckt.“

Das erfuhren sie schneller, als sie gehofft hatten.

Schon am nächsten Tag erzählte Erna beim Mittagstisch: „Stellt euch vor: Im Geisterschloß ist es doch nicht geheuer! Die Bäckersfrau ist gestern abend mit dem Rad durch den Park gefahren, um den Weg von der Alten Mühle abzukürzen. Und da hat sie im Dämmerlicht gesehen, daß mitten im Teich irgendein seltsames Tier herumschwamm. Es war ihr ganz unheimlich zumute, hat sie gesagt.“

Herr Huber sah seine jungen Gäste an. Sie hatten dunkelrote Gesichter bekommen und tauschten verstohlene Blicke – auf einmal prusteten sie los.

„Ach, Erna", rief Nanni lachend, „du darfst es der Bäckersfrau nicht weitersagen. Aber im Teich schwimmt das ‚Krokodil', das Jürgen am Sonntag aus dem Kellersee gefischt hat."

Verdutzt hörte Erna sich die Erklärung an. Dann lachte sie mit den anderen.

Herr Huber amüsierte sich köstlich. „Ihr habt recht, man sollte es wirklich nicht weitersagen", meinte er. „Erst müssen wir einmal sehen, was für Blüten der Aberglaube treibt."

Die Bäckersfrau erzählte allen Hausfrauen, wenn sie Brot und Semmeln holten, ausführlich von dem „Untier im Geistersee", wie sie es nannte. Und das „Untier" wurde dabei größer und fürchterlicher.

„Wer weiß, was das bedeutet", sagte beim Kaufmann eine alte Frau, als die Zwillinge für Erna einkauften. „Vielleicht kommt eines Tages doch noch einer, dem das Schloß gehört."

Sie und ein paar andere Käuferinnen steckten die Köpfe zusammen. Die Mädchen verstanden nichts weiter. Doch einige Jungen mußten wohl auch von der Sache gehört haben. Neugierig fuhren sie zum Schloßteich. Weil es ihnen aber doch nicht recht geheuer war, blieben sie in einiger Entfernung vom Ufer stehen. So wurde auch von ihnen Nessies wahre Natur nicht erkannt ...

Als Hanni und Nanni wieder einmal zum Vergnügen der Tischrunde einen Bericht vom „Ungeheuer im Geistersee" gaben, so, wie sie ihn unterwegs gehört hatten, sagte Erna: „Ich muß mir das auch mal anschauen!".

Nach Dienstschluß holte Herr Huber also den Wagen aus der Garage. Jürgen und die drei Mädchen schwangen sich auf ihre Räder, und ab ging's – Richtung Geisterschloß. Hubers waren natürlich eher dort und beobachteten vom Ufer aus, wie das Plastikkrokodil langsam nickend herumschwamm – immer noch ungefähr in der Mitte des Teiches.

„Endlich einmal vernünftige Menschen, die nicht gleich schreiend flüchten, wenn sich auf dem Teich etwas rührt!" sagte jemand hinter ihnen. Es war die Tochter der Katzenfreundin aus dem Gärtnerhaus. Sie sprachen noch zusammen, als Hubers junge Gäste herangeradelt kamen.

Lachend gestanden sie der Fremden, welchen Spaß sie sich gemacht hatten.

„Das glaubt euch doch keiner“, sagte die Fremde. Sie hieß Irene Wagner, wie sich herausstellte. „Laßt die Leute ruhig bei ihrem Glauben. Sie nehmen es euch sonst bloß übel, wenn sie sich nicht mehr graulen müssen. – Ist es nicht so?“ fragte sie Herrn Huber, der schmunzelnd nickte. „Die sollten einmal meine Sorgen haben“, fuhr Fräulein Wagner fort. „Mir ist jetzt schon ein paarmal Falschgeld in die Kasse gekommen, und ich habe keine Ahnung, von wem.“

Falschgeld? Der Wachtmeister horchte auf, aber auch die Freunde spitzten die Ohren.

Fräulein Wagner war jene Kassiererin, von der Mechthild erzählt hatte. „Wie ein Luchs passe ich auf. Aber gestern abend war doch wieder ein falscher Zwanziger dabei. Ich habe es beim Abrechnen gemerkt und ihn durch einen Schein aus meiner eigenen Tasche ersetzt. Doch so geht es ja auch nicht! Wenn ich den erwische, der mir das angetan hat!“ rief sie zornig.

Herr Huber sagte: „Eine Tankstelle in der Umgebung hatte in letzter Zeit auch zwei oder drei falsche Scheine in der Kasse. Das bleibt aber unter uns! Wir von der Polizei wissen einstweilen auch nicht mehr und möchten die Verbrecher nicht vorzeitig warnen.“

Auf der Rückfahrt rief Hanni den andern zu: „Nun müssen wir aber unbedingt etwas unternehmen! Wir sagen nachher Peter Bescheid.“

„Und wir – Jenni und ich – wollen versuchen, daß wir noch ein paar Tage länger bleiben dürfen“, sagte Jürgen. „Rechnet mal: Zehn Tage haben wir frei bekommen. Heute ist der siebente Tag. Wir schaffen es unmöglich, in so kurzer Zeit das Geheimnis des Schlosses und die Falschgeldgeschichte zu lösen.“

„Du scheinst also fest anzunehmen, daß die beiden Dinge miteinander zu tun haben?“ fragte Jenni.

„Na, darüber waren wir uns doch klar", meinte Nanni. „Oder denkt jemand etwas anderes?"

„Durchaus nicht", sagte auch Peter. „Erwiesen ist es aber nicht, das dürft ihr nicht vergessen. Doch nun die Hauptsache: Wie fangen wir an?"

„Wir beide", antwortete ihm Jürgen, „sollten nachts das Schloß beobachten. Ich kann leicht durchs Fenster entwischen. Und du?"

„Kleinigkeit! Wann treffen wir uns?"

Sie beschlossen, um halb elf in der Nacht an der großen Scheune hinter dem Bürgermeister-Gehöft zu sein.

Nun war noch die Frage zu klären, wie lange Jenni und Jürgen in Rottleben blieben. Erna hatte bisher nicht danach gefragt. So erkundigte sich Hanni abends scheinbar zufällig: „Müßt ihr eigentlich zu einer bestimmten Zeit zurück sein?"

„In drei Tagen." Jenni sagte es möglichst bedrückt.

„Schon?" Nanni seufzte. „Schade!"

Nun war Erna dran – fanden die Mädchen. Und tatsächlich: Die arglose Erna, der sie da ein richtiges Theater vorspielten, fragte prompt: „Könnt ihr nicht länger bleiben? Warum nicht?"

Jenni und Jürgen zögerten mit der Antwort. Endlich sagte Jürgen: „Unsere Eltern möchten nicht, daß wir Ihnen zu lange zur Last fallen."

„Nun hört aber auf mit solchem Unsinn", rief Erna. „Hast du das gehört, Klaus?" fragte sie ihren Mann, der am Schrank in Büchern blätterte.

„Hab ich", erwiderte er. Nun kam er an den Tisch und wandte sich an die Geschwister: „Wenn ihr wirklich sonst keinen Grund zur Rückfahrt habt, dann meine ich dasselbe wie meine Frau: Bleibt ruhig noch eine Weile hier! Hanni und Nanni sind sehr vergnügt, daß sie euch bei ihren Ausflügen dabei haben. Und wir beide freuen uns, daß es in unserem Haus so munter zugeht. Wir möchten euch gern noch hierbehalten."

So herzlich und freundschaftlich klang das, daß die jungen Verschwörer richtig verlegen wurden. Jürgen räusperte sich schließlich. „Aber die Eltern . . .", murmelte er.

„Das werden wir gleich haben", sagte Herr Huber. „Wie ist eure Telefonnummer?" Er ging hinüber in sein Büro und kam nach kurzer Zeit lächelnd zurück. „Eine gute Woche haben die Eltern zugelegt. Ihr braucht erst am Montag in einer Woche heimzufahren."

Der Jubel, der nun losbrach, war echt. Noch zwölf Tage, da müssen wir es schaffen! dachten die vier.

Seltsame Spuren

In der Nacht waren die Jungen also draußen im Schloßpark gewesen ...

Morgens am Frühstückstisch sahen die Mädchen Jürgen neugierig an. Er gähnte ein paarmal, zuckte aber nur die Schultern. „War nichts los“, murmelte er, als Erna gerade nicht in der Nähe war.

Sie gingen bald zu Peter hinüber. Der lachte. „Jürgen hat euch sicher schon erzählt, daß im Schloß alles still und dunkel blieb. Das war unser erster Versuch. Wer sagt denn, daß es sofort klappen muß? Aber mir wäre es beinahe dumm ergangen. Als ich kurz nach drei vor dem Haus stand, war bei der alten Lene Licht. Und ich mußte unter ihrem Fenster durch. Die Lene hat einen leichten Schlaf, das weiß ich, und sie hört noch verflixt gut. Mir blieb nichts anderes übrig, als das Rad an den Zaun zu stellen und zurück um den ganzen Hof zu schleichen, damit ich an mein Fenster konnte. Und ausgerechnet da begegnete mir der alte Buschmüller, der von der Schicht in der Molkerei kam. Ich weiß nicht, ob er mich erkannt hat. Er blieb anscheinend stehen und sah mir nach – wenigstens hörte ich seine Schritte plötzlich nicht mehr auf dem Pflaster. Deshalb mußte ich noch mal an unserem Hof vorbei – und um die Ecke herumgehen. Nach halb vier war ich endlich im Bett. Mein Rad habe ich vorhin erst hereingeholt. Aber heute nacht ziehen wir wieder los, was, Jürgen?“

In dieser Nacht stupste Jürgen, der gegen Mitternacht gerade die Wache übernommen hatte, Peter aus seinem leichten Dämmerschlaf. „Komm raus“, sagte er leise, „und nimm dein Fernglas mit.“

Peter war sofort hellwach. Im Schloß schien ein Licht herumzugeistern. Von Zeit zu Zeit sah man durch die hohen Fenster einen Schein. „Komm“, flüsterte Peter.

Die beiden Jungen liefen zum Schloß – lautlos auf ihren Gummisohlen, aber doch nicht unbemerkt. Denn plötzlich schlug ein Hund an. Das Ungetüm vom alten Kunze bellte. Dann hörten sie schon seinen Herrn rufen. Das Licht war inzwischen erloschen, und nach ein paar Minuten war alles still.

Die beiden Jungen gingen vorsichtig weiter. Doch sie fanden nichts.

„Komm in den Saal", flüsterte Peter leise.

Sie schlichen zur Rückseite des Schlosses und öffneten behutsam die Tür. Peter leuchtete zum Schrank, den die Zwillinge ihm extra gezeigt hatten. Er war geschlossen, aber eine neue Fußspur schien hinzuführen. Während sie noch darauf zugingen, spürten sie einen leichten Luftzug. Die Tür klappte. Sie fuhren herum.

„Mensch, wir Schafe!“ sagte Peter. „Warum haben wir uns nicht erst umgeschaut? So konnte unser Geist entwischen.“

Sie sausten ins Freie, entdeckten aber natürlich nichts mehr. Nur der Hund bellte wieder, war aber bald still.

„Da bleibt uns nichts übrig, als nach Hause zu verschwinden“, meinte Jürgen gähnend, als sie langsam zum Badehaus zurückgingen. „Ein zweites Mal kommt der heute bestimmt nicht. Ich freue mich ordentlich aufs Bett.“

Sie holten die Räder und sahen noch einmal zum Schloß, dessen Umrisse in der Finsternis kaum zu erkennen waren.

„Wissen möchte ich doch, wo der ‚Geist‘ seinen Schlupfwinkel hat“, meinte Peter. „Beim alten Kunze vielleicht? Erzählten die Mädchen nicht, daß dort öfter ein Vertreter aufkreuzt?“

Flackerte dort nicht ein Lichtschein im Schloß?

Es traf sich gut, daß ausgerechnet dieser Vertreter am nächsten Tag im Nachbarort bei den Kaufläden die Runde machte. Die Freunde waren in ein Geschäft gegangen, um sich zwei Flaschen Limonade zu kaufen, denn sie hatten Durst. Da bemerkte Peter den jungen Mann, der im Hintergrund mit der Geschäftsfrau verhandelte. Er zog Jürgen an die Tür, sagte schnell zu den Mädchen: „Wir warten vor dem Haus", und schon waren die Jungen draußen.

„Ist doch nicht nötig, daß er uns sieht", erklärte er später. „Vielleicht hat er heute nacht doch einen von uns erkannt, falls er im Schloß gewesen sein sollte!" Sie fuhren eilig aus dem Dorf und bogen auf einen Seitenweg ein.

Die Jungen beschlossen, diesmal nachts zu Hause zu bleiben. Es war wenig wahrscheinlich, daß der Einbrecher oder Falschgeldverteiler oder was immer er sein mochte gleich wieder herumgeisterte. Gegen Morgen fing es an zu regnen. Erst kurz vor Mittag besserte sich das Wetter. Da kam Peter auf eine Idee: „Wollen wir nicht am Nachmittag einmal zum Schloß fahren und nach irgendwelchen Spuren suchen? In dem nassen Boden kann man leicht welche entdecken."

Klar, das war ein guter Vorschlag!

Sie fanden Reifenspuren. Ein Auto war vom Gärtnerhaus bis zur Rückseite des Schlosses gefahren. Die vordere Auffahrt hatte der Mann wohlweislich vermieden. Anscheinend war er dann auf dem gleichen Weg zurückgefahren.

Sie folgten den Spuren bis zur Straße. Ihre Räder hatten sie durch den Park geschoben. Nun stiegen sie wieder auf und bogen in die Richtung, die Rottleben entgegengesetzt war. Peter, der am Schluß fuhr, rief den anderen plötzlich nach: „Halt!"

Er sprang vom Rad und zeigte ihnen eine zweite Spur.

„Sie kommt auch vom Schloßgelände, ist aber frischer als die andere!"

Sie gingen ein paar Schritte zurück: Da hatte tatsächlich noch ein Auto in der Nähe des Gärtnerhauses geparkt und war von dort aus in Richtung Rottleben gefahren! Ratlos sahen sich die

Freunde an. Also waren womöglich zwei Besucher im Schloß gewesen und einer von ihnen vielleicht danach sogar in Rottleben?

„Wenn sich wirklich ein Fremder in Rottleben aufgehalten hat, dann erfahren wir das immer noch“, sagte Jürgen. „Ich bin der Meinung, daß wir der anderen Spur folgen sollten.“

Also gut! Sie stiegen wieder auf und fuhren los. Nach ein paar Metern kam ein schmaler Weg, eine Art Feldweg, und sie konnten an den Reifenabdrücken erkennen, daß der erste Wagen dort abgebogen war. Großartig – auf der Landstraße wären die Spuren bald nicht mehr zu erkennen gewesen. Aber nun! Jürgen und Peter fuhren voraus, sprangen manchmal vom Rad und überzeugten sich, daß sie noch auf der richtigen Fährte waren.

Sie durchquerten ein Waldstück und standen plötzlich auf einer wunderschönen Wiese: Die war kaum noch feucht, obwohl es doch vormittags geregnet hatte. Am Rande blühten Steinnelken, und es standen da viele Himbeerbüsche mit reifen Beeren – es war eine Waldwiese wie aus dem Märchenbuch! Und ganz hinten entdeckten die Freunde eine winzige Blockhütte, in der wohl im Winter Wildfutter lagerte oder wo gelegentlich Holzarbeiter Unterschlupf fanden. Neben der Hütte aber – Hanni kniff vor Überraschung oder im Triumph Nanni und Jenni in den Arm – stand ein dunkelgrüner Wagen!

Die Jungen hatten das Auto auch entdeckt, zogen sich hinter die Büsche zurück und winkten den Mädchen, ihnen zu folgen.

„Wo es hier so viele Himbeeren gibt?“ rief Hanni und zeigte den beiden einen Vogel. „Nein, jetzt wird erst tüchtig gefuttert!“

Peter und Jürgen mochten drohen, soviel sie wollten, die drei zogen eifrig von einem Busch zum andern. „Hier gibt es noch viel mehr.“ – „Und hier erst!“ feuerten sie sich gegenseitig an. Und dabei kamen sie der Hütte immer näher. Da fiel endlich auch bei den Jungen der Groschen. Diese Schlangen! Sie pirschten sich unauffällig wie immer an die Stelle heran, die ihnen interessant erschien.

„Hallo, ihr Mädchen, wo seid ihr?“ rief Peter und verließ langsam die Deckung.

5 3668-8

„Na, kommt ihr endlich?“ rief Jenni ihnen entgegen. „Reichlich langsam, die Herren!“

„Hach, seht mal, ein Auto!“ Hanni tat, als hätte sie bisher nichts davon bemerkt. „Ob ein Jäger oder der Förster hier ist?“

„Wir können ja nachschauen.“ Peter ging sofort auf das Spiel ein und marschierte schnurstracks zur Hütte. Er blickte durchs Fenster. „Niemand drin. Das Auto hat außerdem ein fremdes Kennzeichen!“

„Es stammt aus unserem Landkreis“, sagte Jürgen. „Vielleicht kennen wir den Besitzer sogar.“

„Glaub ich nicht“, sagte jemand hinter ihnen. „Es ist nämlich ein Leihwagen.“ Ein junger Mann kam aus dem Wald. Er hatte sich anscheinend Pilze zum Abendbrot gesucht. „Wie habt ihr euch denn in diese Waldeinsamkeit verirrt?“ fragte er. „In den zwei Tagen, die ich hier wohne, habe ich ringsum keinen Menschen gesehen.“

Seine Miene war ehrlich und freundlich. Er machte einen so netten Eindruck, daß von den fünf Freunden jeder bei sich dachte: Wenn Falschgeldbetrüger so aussehen, dann müßte man sie eigentlich gern haben! Freilich — wie heißt das Sprichwort? – der Schein trügt! Auffallend war seine Sprache: ein ganz reines, klares Hochdeutsch. Am Klang war beim besten Willen nicht festzustellen, woher er kam.

„Was machen Sie denn hier?“ fragte Peter.

„Urlaub! Ich schaue mir die Gegend gründlich an, weil ich vielleicht einmal herziehen möchte. Vielleicht!“

„Bleiben Sie länger hier?“ erkundigte sich Jürgen.

„Das hängt nicht allein von mir ab.“

„Ach, sind Sie mit Aufträgen hier?“ fragte Jenni rasch.

„Aufträge? Nein, in eigener Sache – möchte ich sagen.“ Er schmunzelte über ihre drängenden Fragen, und sie konnten ihn beim besten Willen nicht weiter aushorchen. Deshalb verabschiedeten sie sich.

Er fragte sie zum Schluß: „Woher kommt ihr eigentlich? Wohnt ihr hier? Wißt ihr im Schloß Bescheid und auch, wem es gehört?“

Die Freunde antworteten zurückhaltend und fuhren bald los. Als sie aus der Sichtweite des Fremden waren, hielten sie an.

„Habt ihr gemerkt, wie gern er wissen wollte, ob wir uns im Schloß auskennen? Er möchte wissen, wie unbemerkt er dort arbeiten kann!" sagte Hanni.

„Arbeiten!" Jenni lachte. „Sein Falschgeld verstecken, meinst du. Und geistern, damit niemand sich ans Schloß heranwagt!"

„Deshalb ist es sehr gut, daß wir getan haben, als wären wir nie durchs ganze Schloß gegangen", sagte Jürgen, „und ich bin dafür, daß Peter und ich heute nacht noch einmal auf Wache ziehen."

„Aber diesmal nicht ohne uns!" riefen die Mädchen. „Wir kommen auf jeden Fall mit."

„Morgen ist aber Sonntag", sagte Peter. „Wenn ihr nicht ausgeschlafen habt und ständig gähnt, werden Hubers vielleicht etwas merken. Außerdem schläft Mechthild heute im Zimmer neben euch. Ich halte nichts davon, wenn ihr ausgerechnet in dieser Nacht mitkommt."

Das sahen die Zwillinge ein. Recht war es ihnen nicht. „Laßt es darauf ankommen", flüsterte Nanni den beiden anderen zu.

Neue Gestalten schleichen ums Schloß

Ausgerechnet an diesem Abend erwähnte Herr Huber wieder einmal das Thema „Falschgeld“. „Wir haben Anweisungen bekommen, genau achtzugeben“, berichtete er. „Bitte paßt auch ihr gut auf, ob ihr irgend etwas bemerkt. Ich werde mich bei Fräulein Wagner erkundigen, ob sie noch einmal einen falschen Schein in die Hand bekam.“

„Dürfen wir das tun?“ fragte Jürgen schnell. „Wir können noch heute abend zu ihr fahren.“

„Nein“, rief Erna sofort. „Die Mädchen auf keinen Fall!“

Weil ihr Mann aber Jürgens Vorschlag gut fand – unverfänglicher jedenfalls, als wenn er, der Polizist, zu Fräulein Wagner ging –, holte Jürgen Peter ab, und sie fuhren ins Gärtnerhaus. Nein – Fräulein Wagner konnte ihnen leider keinen Tip geben. Sie versprach jedoch, die Augen offenzuhalten und dem Wachtmeister sofort Nachricht zu geben.

Die beiden Jungen konnten es nicht lassen, auf dem Rückweg durch den Park zu fahren. Ob Nessie noch im Teich herumgondelte? Wahrhaftig – dort kreuzte das „Krokodil“ zwischen ein paar Teichhühnern, die keine Notiz von ihm nahmen. Nessie war anscheinend zwischen den Wasserbewohnern schon eingebürgert!

„Du, guck mal!“ rief Peter plötzlich. Er sprang vom Rad und winkte Jürgen ins Gebüsch. Da ging doch wahrhaftig der Mann, den sie nachmittags getroffen hatten, zum Badehaus!

Die Jungen beobachteten ihn. Er spähte in die Hütte hinein, dann in den hohlen Baum, wo er anscheinend die Leiter überprüfte, und wanderte zum Schloß zurück. Vorsichtig folgten ihm die Jungen.

„Er untersucht das Gelände nach einem passenden Versteck“, raunte Peter.

Jürgen wollte widersprechen: „Ja, aber ...“ Doch Peter gab ihm ein Zeichen zu schweigen. Der Fremde war stehengeblieben, holte ein Blatt Papier hervor, das er studierte. Er schien sich danach zu richten. Nun schritt er zur rechten Seite des Gebäudes. Aha: Er suchte die Kellertür. Da: Jetzt hatte er sie gefunden. Er sah die Stufen. Doch es war ihm wohl zu finster. Er machte kehrt, ging ums Schloß herum, und gleich darauf hörten die Jungen ein Auto wegfahren. Sie sahen sich an.

„Wonach hat der wohl gesucht?“ fragte Jürgen. „Wahrscheinlich nach einem neuen Versteck. Wenn er es war, den wir gestern gestört haben, dann wird ihm der Schrank im Saal nicht mehr sicher genug sein.“

„Auf jeden Fall halte ich es für sinnlos, heute im Park zu wachen. Der muß ja die neue Bleibe für sein Falschgeld erst auskundschaften.“

„Sag mal, Peter“, fing Jürgen auf der Rückfahrt noch einmal an, „hältst du den Mann wirklich für einen Verbrecher? Ich fand, er sah grundanständig aus.“

„Doch, was macht er sonst hier?“

„Lach mich nicht aus, Peter, und sag den Mädchen nichts! Aber wenn das nun der junge Mann aus Australien ist, der vielleicht das Ganze erbt? Dein Großvater hat doch davon erzählt.“

„Und der kampiert draußen in einer Hütte? Jürgen, du hast wirklich eine blühende Phantasie!“

Sie trennten sich vor Hubers Haus, denn die Auskunft von Fräulein Wagner konnte Jürgen ja allein überbringen.

„Heute nacht also nichts“, sagte Peter. „Und morgen – haben Hubers etwas geplant?“

„Wahrscheinlich kommt es aufs Wetter an. Das Barometer ist noch weiter gefallen, tiefer kann es beinahe nicht rutschen. Da wird es gewiß nichts mit einem Ausflug. Auf alle Fälle sehen wir uns aber. Gute Nacht!“

„Gute Nacht, Jürgen!“

Mechthild war eingetroffen und saß mit den drei anderen Mädchen zusammen. Erna war noch in der Küche beschäftigt. Jürgen berichtete dem Wachtmeister und holte sich dann ein Buch aus dem Regal. Aber er war sehr müde. Die beiden durchwachten Nächte ... Ein Glück, daß er heute ins Bett gehen konnte.

Wie Peter es vorausgesagt hatte: Am nächsten Morgen schüttete es. Das kann ein langweiliger Tag werden – dachten die Zwillinge und ihre Freunde. Mechthild dachte es auch. Sie ging ins Dorf, um ein paar Bekannte zu besuchen. Inzwischen erschien Peter mit einer tollen Nachricht – einer „supertollen", behauptete Nanni. Der Erbe des Geisterschlosses hatte sich gemeldet! Er war persönlich bei Peters Großvater aufgekreuzt, hatte sich als Sohn einer Harringer-Tochter vorgestellt und sich nach dem Schloß, nach den zugehörigen Ländereien und nach Geldwerten erkundigt.

„Hatte er Ausweise?" fragte Wachtmeister Huber.

„Tja ...", sagte Peter gedehnt. „Er hatte schon welche. Aber meinem Großvater schien das Ganze doch einen Haken zu haben."

Das war eine Neuigkeit!

„Der Mann kommt heute nachmittag noch einmal zum Großvater", erklärte Peter, „wie wäre es, wenn ihr mich besuchtet? Die Lene hat einen phantastischen Kuchen gebacken. Sie wird selig sein, wenn sie euch damit füttern kann. Bei dieser Gelegenheit schauen wir uns den Knaben an!"

„Den Knaben?" wisperte Jenni.

„Dumme Redensart! Er wird schon ein ausgewachsener Mann sein", lächelte Peter. „Ich bin selber gespannt."

„Erna, Erna!" Die Zwillinge stürmten in die Küche. „Bitte, dürfen wir nachmittags zum Kaffee Peter besuchen?" bat Hanni atemlos.

„Aber Kinder, gerade habe ich einen Tortenboden in den Ofen geschoben. Wer soll denn die Torte essen?"

„Die schaffen wir morgen auch noch!" rief Nanni. „Peter hat uns eingeladen. Bitte laß uns hingehen, Erna! Ja? Dürfen wir?"

„Na schön, geht nur. Die alte Lene hat sicher etwas extra Gutes."

... und der Bürgermeister einen interessanten Beruf ..., dachten die Zwillinge, behielten diesen Gedanken aber bei sich.

Die alte Lene war eine sehr liebe Frau. „Da haben wir ja die Zwillinge!“ rief sie, nahm Hanni und Nanni in den Arm und guckte sie mit ihren lustigen Augen vergnügt an. „Wie halten eure Eltern euch bloß auseinander?“

„Die können es“, lachte Hanni, „und Erna kann es auch!“ fügte Nanni hinzu.

„Na, und in Lindenhof haben wir es längst gelernt“, rief Jenni. „Sonst würden uns die beiden immer auf der Nase tanzen.“

„Kommt in die Wohnstube“, bat Lene. „Die Kaffeetafel steht schon bereit.“

Flink lief sie in die Küche und holte eine große Kanne. Streuselkuchen und eine Stachelbeertorte standen auf dem Tisch. Der Bürgermeister erschien, begrüßte die Gäste und setzte sich der alten Lene gegenüber an die eine Schmalseite des Tisches.

Die jungen Gäste ließen es sich schmecken, vergaßen dabei das Schwatzen nicht und lauschten außerdem aufmerksam, ob die Haustür ging oder ob jemand klingelte.

Da ... die Glocke! Peter und Jürgen sprangen gleichzeitig auf, aber der Bürgermeister winkte ab. „Ich gehe selber“, sagte er. In der Tür drehte er sich noch einmal um. „Wahrscheinlich dauert die Besprechung länger. Laßt euch nicht stören, und wartet nicht etwa auf mich.“

Die fünf Verschworenen sahen sich erst ein bißchen ratlos an. Wie sollten sie den Fremden zu Gesicht bekommen? Doch dann nickte Peter und zwinkerte ihnen zu. Er hatte sicher einen Plan.

Die alte Lene bemerkte die Unruhe der Gäste wohl. Aber sie hielt sie einfach für Neugier – oder Enttäuschung, weil der Großvater gegangen war. Beinahe flüsternd sagte sie: „Das ist ein ganz wichtiger Besuch. Er war schon einmal hier. Ihr kennt doch das Schloß der Harringers?“ Die Freunde nickten. „Der Mann, der jetzt gekommen ist, behauptet, er sei der Erbe. Wenn das stimmt, wird er ein reicher Mann. Vielleicht ist er es sowieso schon.“

„Haben Sie ihn gesehen?“ fragte Jürgen.

„Nein, der Bürgermeister hat mir die Geschichte erst erzählt, als der Besuch gegangen war.“

„Kannten Sie denn noch jemanden von den Harringers?“ fragte Hanni.

„Ich kannte sogar die ganze Familie und am allerbesten die Ursel.“

„Ursel?“ fragte Jenni neugierig.

„Das war die Erbtochter – nur ein paar Jahre jünger als ich. Ein hübsches Mädchen – ach, wunderschön!“

„Ist es die, die von zu Hause ausriß?“ wollte Nanni wissen.

Lene nickte. „Sie hatte sich in einen jungen Baumeister verliebt. Den sollte sie nicht heiraten. Da reiste sie ihm heimlich nach. Geschwister hatte sie nicht. Deshalb übergab ihr Vater das Schloß und alle Güter, die dazu gehören, dem Sohn seines Bruders. Den hätte die Ursel heiraten sollen, wenn es nach den Vätern gegangen wäre. Gerhard hieß er. Geheiratet hat er nie. Er muß die Ursel sehr gern gehabt haben. Vor acht Jahren ist er mit dem Pferd tödlich gestürzt. Seitdem suchen sie nach einem Erben.“

„Ob die Ursel noch lebt?“ fragte Hanni.

„Das glaube ich nicht“, antwortete Lene. „Wenn sie einen von den vielen Aufrufen oder eine Anzeige gelesen hätte, wäre sie gekommen. Sie liebte das Schloß sehr. Aber vielleicht hat sie Kinder.“

„Die müssen längst erwachsen sein“, meinte Peter nachdenklich. „So zwischen dreißig und vierzig, nicht wahr?“

„Das kann schon sein“, sagte Lene.

„Und der da drüben beim Großvater behauptet also, ein Sohn von ihr zu sein“, rief Peter. „Den müssen wir uns ansehen! Wir gehen auf den Hof hinaus und tun, als ob wir ein Rad reparieren. Du kommst doch mit, Lene?“

Eigentlich ging es der alten Lene ja gegen den Strich, einem Besuch regelrecht aufzulauern. Aber dies war eine Ausnahme. Wenn wirklich ein Sohn ihrer Baroneß Ursel wieder ins Schloß kam, dann wollte sie ihn gar zu gern sehen. Sie ging also mit den jungen Leuten auf den Hof hinaus und setzte sich auf die Bank neben dem Tor. Dort *mußte* der Besuch durch. Peter holte sein Fahrrad und nahm es gründlich auseinander.

Da ... Schritte! Die Haustür wurde geöffnet. Peters Großvater erschien mit einem Mann. Die Freunde sahen von dem Rad auf, legten die Werkzeuge hin und grüßten. Dabei musterten sie den Fremden ausgiebig: das breite Gesicht mit der scharfen Nase und den unruhigen kleinen Augen, das dünne rötliche Haar und die gedrungene Figur mit den fahrigen Bewegungen.

Der Bürgermeister winkte seinen jungen Gästen zu. Da entdeckte er Lene bei ihnen. Obwohl er schon fast am Hoftor war, drehte er sich um und hielt auch seinen Gast fest. „Einen Augenblick, bitte", sagte er und rief: „Lene, komm doch einen Moment zu mir herüber!"

Er machte bekannt: „Dies ist Herr Lohse-Harringer, der seine Erbansprüche auf das Schloß anmeldet, und dies unsere alte Lene, die noch Ihre Mutter gekannt hat. Du erinnerst dich noch an die Baroneß Harringer, Lene?"

„Und ob ich mich erinnere! So – die Ursel war Ihre Mutter?" wandte sie sich an den Fremden. „Da werden Sie mir gewiß einmal erzählen, wie es ihr später ergangen ist. War sie glücklich? Und hatte sie manchmal Heimweh?"

„Ja ... doch ... gewiß war sie glücklich", stotterte der Fremde. „Sie ist jung gestorben. Ich kann mich nicht sehr an sie erinnern."

„Und ähnlich sehen Sie ihr auch gar nicht", stellte Lene fest. „Die Ursel war groß und blond und schlank. Das weißt du doch auch noch, Bürgermeister?"

Der lächelte, und Lene fuhr fort: „Na ja, du warst damals auf der höheren Schule und interessiertest dich nicht besonders für Mädchen. Noch nicht", setzte sie hinzu und lachte ihn an.

Der Fremde wurde immer unsicherer. „Ich bin mehr nach meinem Vater geraten, das hat er selber oft gesagt. Doch entschuldigen Sie mich, ich muß zu einer Verabredung."

„Ja, ja", antwortete Lene. Sie murmelte für sich, doch so deutlich, daß es alle verstanden: „Der Baumeister, mit dem die Ursel fortging, hatte auffallend große blaue Augen. Die hatten es ihr besonders angetan. Er war auch groß und blond und schlank."

„Also, guten Abend, Herr Bürgermeister", sagte der Fremde. „Ich habe es eilig. Wie gesagt: Gibt es Schwierigkeiten, dann bitte ich mindestens um das Vorkaufsrecht. Schließlich ist es das Schloß meiner Väter." Weg war er, und alle sahen ihm wortlos nach.

Mit einemmal platzte Hanni heraus: „Schloß meiner Väter! Das hat er wohl in einem Kitschroman gelesen?"

Verstohlen musterten die Kinder den Fremden.
War er der Erbe?

„Ja", antwortete der Bürgermeister grimmig, „und er will wahrscheinlich irgendein merkwürdiges Unternehmen darin aufziehen – ein Sanatorium für Prominente."

„Mit anderen Worten: einen Betrieb, um reichen Leuten das Geld aus der Tasche zu ziehen", sagte Lene trocken. „Und das erzählte er?"

„So verplapperte er sich, schwieg danach wohlweislich, als ich noch einmal nach seinen Plänen fragte."

„Das ist nie und nimmer der Sohn von der Ursel", sagte die alte Lene sehr entschieden, und der Bürgermeister seufzte: „Hoffentlich behältst du recht."

Die fünf Freunde gingen in den Obstgarten hinter dem Haus.

„Was haltet ihr von dem Menschen?" fragte Hanni.

„Nichts", urteilten die anderen, „oder nichts Gutes."

„Er muß aber doch Papiere vorlegen, wenn er etwas erben will", fuhr Hanni fort.

„Sicher, aber irgend etwas stimmt damit nicht", sagte Peter. „Vielleicht erzählt Großvater mir heute abend mehr darüber."

„Da kommt man nun in ein kleines Nest", meinte Nanni nachdenklich, „und es passieren mit einemmal lauter aufregende Sachen: Falschgeld ist im Umlauf, zwei Verdächtige laufen herum, und nun taucht noch dieser Erbschleicher auf."

Da lachten sie alle.

Auch heute zog keiner der Freunde auf Nachtwache ins Geisterschloß. Herr Huber mußte am Montag ganz früh zum Dienst. Sie konnten nicht riskieren, daß sie ihm bei der Heimkehr begegneten. Doch am Vormittag fuhren sie zum Badehaus. Peter hatte Neuigkeiten mitgebracht.

„Der Fremde hat Großvater die richtigen Papiere vorgelegt", erzählte er, „und er wußte auch manches von den Harringers. Doch sein Paß war komisch. Das Bild war undeutlich und verschmiert. Er hat um einen neuen Paß gebeten, weil der alte durch die Flecke so schlecht geworden war. Auch ganze Seiten waren verschmutzt, nicht bloß das Bild. Großvater hat nichts davon gesagt, daß er Änderungen am Namen bemerkte."

Alle beschlossen, auch dieses Geheimnis zu lüften.

„Die reinsten Detektive sind wir", sagte Jenni lachend. „Wenn wir das in Lindenhof erzählen, werden die anderen staunen."

„Vorausgesetzt, daß wir Erfolg haben." Nanni hob warnend den Finger, und Hanni nickte. „Stimmt. Falls wir uns blamieren, wird nichts verraten."

„Pssst!" Jürgen sah die anderen beschwörend an und legte einen Finger an den Mund. Er blickte zum Schloßweg. Dort kam der nette Mann, den sie bei der Blockhütte getroffen hatten.

„Nanu!" rief er überrascht, als er die Freunde entdeckte. Er kam schnell auf sie zu. „Da treffen wir uns ja unerwartet wieder!" Er lachte sie freundlich an. „Ist das nicht ein wunderschöner Besitz?" fragte er. „Ich bin schon ein paarmal hindurchgewandert und fühle mich direkt heimisch."

Er setzte sich auf einen moosbewachsenen Stein, und die fünf suchten sich ebenfalls Plätze. „Da seid ihr also hier in der Gegend zu Hause. Ich dachte es mir gleich. Könnt ihr mir verraten, ob im Dorf Rottleben eine Polizeistation ist?"

„O ja", riefen die Zwillinge, „wir wohnen ja beim Wachtmeister."

„Und ich beim Bürgermeister", setzte Peter hinzu.

„Na, großartig! Beide Herren muß ich sprechen. Meint ihr, ich treffe sie heute noch?"

„Großvater ist bestimmt zu Hause", versicherte Peter.

„Aber der Wachtmeister kommt nicht vor vier zurück", sagte Hanni.

„Gut, dann versuche ich gegen Abend mein Glück." Der Mann sah auf den Teich hinaus und lachte mit einemmal hellauf. „Dort schwimmt ja ein Krokodil!" rief er vergnügt. „Mitten zwischen den braven Teichhühnern. Und was für ein schönes!"

Die Freunde kicherten.

„Es ist jedenfalls harmloser als die Viecher, auf die ich früher Jagd gemacht habe", sagte der Fremde.

Nanu, Krokodile wollte er gejagt haben?

„Wo war das?" fragte Jürgen.

Doch anscheinend mochte er nicht mehr davon erzählen. So schwiegen die fünf auch. Erst nach einer Weile fing der Fremde von neuem ein Gespräch an. „Habt ihr den Baum drüben gesehen? Darin war bestimmt einmal ein Baumhaus für Kinder. Ob man hinaufklettern kann?"

„Schwerlich", meinte Peter. „Mir ist es jedenfalls noch nicht geglückt."

„Aber ich möchte mich gern einmal dort oben umschauen."

„Warum? Suchen Sie etwas Bestimmtes dort oben?" erkundigte sich Jürgen. Sein Mißtrauen war nicht zu überhören.

„Vielleicht ein Bündel Geldscheine?" fragte Jenni schnippisch.

„Nicht gerade Geld", antwortete der Fremde und lachte gutmütig. „Aber einen Schatz schon."

Das klang sonderbar, und plötzlich hatten alle die Lust am Gespräch verloren.

„Wir müssen weiter", sagte Peter. Und sie schwangen sich auf ihre Räder . . .

„Nun bitte ich euch", begann Hanni, als sie später auf einer Wiese Rast machten, „was soll man von diesem Menschen halten? Er macht einen so netten Eindruck, doch dann wirkt er wieder so geheimnisvoll! Werdet ihr schlau aus ihm?"

„Und daß er nach der Polizei fragte, ist doch auch sonderbar", meinte Peter. „Wenn er ein schlechtes Gewissen hätte, würde er das kaum tun."

„Erst müssen wir sehen, ob er wirklich hingeht", sagte Jürgen trocken. „Er kann ebensogut aus Vorsicht gefragt haben."

Es fiel besonders Hanni und Nanni schwer, beim Mittagessen harmlose Geschichten zu erzählen. Jenni fing schließlich von Lindenhof an, da hatten sie einen Gesprächsstoff, der Erna Spaß machte . . .

Der Himmel trübte sich ein, und nachmittags fing es sogar an zu regnen. Da fiel es nicht auf, daß sie zu Hause blieben und Spiele hervorsuchten. Immer wieder schauten sie durchs Fenster. Würde der Fremde kommen?

Er kam nicht. Also hatte er bloß versucht, sie auszuhorchen. Tief enttäuscht gestanden sie sich das ein. Er hatte so nett ausgesehen. Sie hatten ihm eigentlich keine Bosheit zugetraut.

„Aber nun zu unserem Geheimplan!“ rief Hanni. „Heute nacht müssen wir zum Geisterschloß. Zu fünft können wir besser beobachten als ihr zwei Burschen allein.“

Eine richtige Spuknacht

Als sie sich gegen halb elf hinter Peters Haus trafen, kicherten die Zwillinge. „Hoffentlich träumt Erna nicht von trüben Bächen mit vielen Fischen darin. Sonst guckt sie womöglich aus lauter Angst in unser Zimmer", meinte Hanni.

Sie holten die Räder aus dem Schuppen und fuhren schnell zum Dorf hinaus, aufs Schloß zu.

Am Eingang zum Park hielt Peter an. „Also – wie verabredet: Die Räder stellen wir vorn am Teich ins Gebüsch. Ihr Mädchen bleibt dort in der Nähe und beobachtet das Badehaus. Jürgen und ich gehen zum Schloß. Wenn ihr etwas Verdächtiges bemerkt, ruft uns mit der komischen Pfeife, die ich euch gab. Sie fiept wie eine Maus, nur lauter. Gut, daß Großvater seine Jägersachen so offen liegen läßt."

„Und ihr kommt zum Schloß, wenn ihr eine Eule schreien hört", sagte Jürgen. „Meine Spezialität!" und er ahmte leise das Kuwittkuwitt eines Käuzchens nach. „Aber nur dann kommen!"

Mit klopfendem Herzen standen die drei Mädchen an einer Stelle im Gebüsch, wo sie einen freien Blick zum Badehaus, aber auch zum Schloß hatten. Ein bißchen ängstlich war ihnen doch zumute. Der Himmel war bedeckt, man sah keinen Stern. Die kleine Mondsichel kam nur ab und zu hinter Wolken hervor. Manchmal hörte man in der Ferne die Geräusche vorüberfahrender Autos. Das erinnerte an bewohnte Gegenden. Aber in der Nähe raschelte es unheimlich. Vom Wasser her kam ab und zu ein Laut. Einmal kniff Nanni ihre Schwester vor Schreck in den Arm, weil irgendwo ein Zweig geknackt hatte.

„Unheimlich – wie?" flüsterte Jenni.

Aber Hanni wurde nicht so leicht bange. „Ach, eigentlich ist es auch nicht anders als bei unseren Mitternachtspartys", behauptete sie. „Stellt euch nicht so albern an!"

Das war leicht gesagt. Gegen Angst kann man sich schwer wehren. Doch zur Ehre der anderen sei es gesagt: Nanni und Jenni nahmen sich zusammen und versuchten, ihre Bangigkeit zu überwinden.

Plötzlich entdeckten sie drüben beim Schloß einen Lichtschein. Nanni stieß die beiden anderen an. „Schon gesehen", keuchte Jenni. In ihrer Nähe war alles still. Sollten sie die Jungen warnen oder aufmerksam machen? Sie berieten leise. „Die haben gewiß längst ihren Posten bezogen. Wenn wir dazwischenfunken, geht es nur schief", meinte Hanni.

Nanni und Jenni nickten. „Wir bleiben also hier", entschied Hanni.

Es war gut, daß sie es taten – nicht nur, weil es am Schloß plötzlich sehr laut wurde: Türenschlagen, Hundegebell, eine Frauenstimme, dazwischen das Gepolter des alten Kunze und endlich das Geräusch eines abfahrenden Autos . . ., sondern weil urplötzlich aus dem Dunkel eine Gestalt auftauchte, die zum Badehaus ging.

Das war doch der Fremde aus der Blockhütte! Wer aber hatte dann im Schloß Krach gemacht?

Drüben war inzwischen alles still geworden. Die Mädchen lauschten . . . War das nicht der Käuzchenruf? Ja . . . Noch einmal. Aber sie mußten vorsichtig sein, daß der Mann, der drüben am Badehaus war, nichts von ihnen bemerkte. Sie schlichen im weiten Bogen um die Hütte herum. Es glückte ihnen wirklich, heimlich ans Schloß heranzukommen.

Jürgen erwartete sie an der Treppe. „Habt ihr gehört, was hier alles los war?" fragte er. „Als wir uns ein Versteck suchen wollten, wurde gerufen: ‚Miez, Miez!' Kam doch die Alte aus dem Gärtnerhaus und suchte nach einer entlaufenen Katze! Der Köter von drüben hatte es gemerkt und tobte. Der alte Kunze schoß hinterdrein, und nun schrien sich die beiden um die Wette an. Aber dann entdeckten wir im Schloß einen Lichtschein. Wie sollten wir bloß dorthin kommen, ohne daß die zwei Alten uns sahen? Wir sind auf dem Bauch gekrochen und hatten Angst, daß der

Hund uns nachlief. Dann rannten wir um die Ecke und von hier aus vorn ins Schloß hinein. Draußen war es still geworden. Der geheimnisvolle Einbrecher muß in das Hunde- und Katzengeschrei geraten sein. Ich wette, er war schon im Saal, als der Krach draußen losging. Vermutlich hat *er* das Licht gemacht. Einmal sah es aus, als ob jemand herumgeisterte."

„Bestimmt!" rief Jenni. „Wir haben es auch gesehen."

„Wir wollten dann doch noch in den Saal. Aber die Tür vom Gang aus war versperrt. Und als wir außen herumliefen, hörten wir ein Auto starten . . .", berichtete Peter.

„Ein scheußliches Pech", knurrte Jürgen. „Ich habe einmal eine Figur am Schloß vorbeischleichen sehen, ehe der Krawall anfing. Meiner Meinung nach war das der komische Vertreter, und er kam von der Kunze-Wohnung her. Heißt es nicht, daß er immer dort übernachtet?"

„Schon." Peter nickte. „Fest behaupten kann ich das aber nicht. Ebensogut kann der Fremde aus der Hütte dort herumspioniert haben."

„Nein", widersprach Nanni sofort, „der war es bestimmt nicht."

„Na höre mal, woher willst du das so genau wissen?"

„Weil er gerade zu dem hohlen Baum gegangen ist und wahrscheinlich in das Baumhaus hinaufsteigen will. Er war ganz in unserer Nähe."

„Aber bemerkt hat er uns nicht", versicherte Hanni.

„Was bedeutet das nun wieder?" rief Peter erstaunt. „Warum soll er nachts in Bäumen herumsteigen?"

Das Ganze war wirklich geisterhaft. Jedenfalls konnte der Fremde unmöglich mit dem Versteck im Wandschrank etwas zu tun haben. Als Falschgeldverbrecher kam er wohl kaum in Frage. Darüber waren alle – ohne daß es einer aussprach – von Herzen froh.

„Sollten wir noch einmal zum Badehaus gehen?" fragte Jürgen.

„Etwas anderes bleibt uns gar nicht übrig", meinte Hanni trokken. „Wie kommen wir sonst an unsere Räder?"

„Na, ausgeschlafen?" begrüßte Erna die Zwillinge

„Aber leise!" mahnte Peter. „Vielleicht sehen wir den Fremden, und er muß uns nicht unbedingt entdecken."

Doch es schien niemand mehr dort zu sein. Ungesehen kamen die Freunde nach Hause.

Am anderen Morgen kicherten die Zwillinge, als Erna sie mit „Na, ausgeschlafen?" begrüßte. Sonst rumorten sie schon von sieben an in ihrem Zimmer. Diesmal aber war alles still geblieben. Erna hatte sich beinahe geängstigt. Und weil sie tatsächlich schlecht geträumt hatte – von was, konnte sie nicht mehr sagen –, war sie ein paarmal zum Dachstübchen hinaufgeschlichen. Beim zweitenmal hatte sie ganz leise die Tür geöffnet: Da lagen ihre beiden und schliefen friedlich! Und die zwei anderen Gäste, die drüben bei Webers wohnten, die erschienen an diesem Morgen auch nicht. Erna war nicht dumm, und ihre Racker kannte sie recht gut. Sie überlegte, was die vier tags zuvor wohl angestellt hatten. Wovon waren sie so müde? Sie waren doch den ganzen Nachmittag und Abend zu Hause gewesen? Sollten sie nachts auf Abenteuer ausgezogen sein?

Fragen werde ich nicht – beschloß Erna. Wenn sie mich auch nicht direkt anschwindeln, so finden sie schon eine Ausrede. Aber aufpassen werde ich wie ein Luchs!

Als die Zwillinge nun nach der harmlosen Frage: „Ausgeschlafen?" nur kicherten, dachte sie im stillen: Lacht ruhig, ich kriege euch schon!

„Sind Jürgen und Jenni noch nicht da?" fragte Nanni.

„Nein, die habt ihr angesteckt. Es muß eine Art Schlafkrankheit ausgebrochen sein", antwortete Erna. Doch die beiden erschienen kurz darauf, und nun bekam Erna eine Geschichte zu hören, wie in Lindenhof die ganze Klasse einmal verschlafen hatte.

„Die ganze Klasse?" fragte Erna ungläubig. „Wieso denn?"

Die drei Mädchen lachten. „Weil in der Nacht eine tolle Mitternachtsparty gestiegen war und wir erst gegen Morgen zu Bett gingen", sagte Hanni.

„Ach so. Da habt ihr letzte Nacht wohl auch eine Party abgehalten?"

Hanni wurde blutrot. Fatal – beinahe hätte sie sich verplappert! Jürgen rettete die Lage. „Da müßte vermutlich der ganze Gänsestall von Lindenhof hier versammelt sein", stichelte er, „und das ist uns zum Glück erspart geblieben."

Aber nun fielen die Mädchen über ihn her. „Gänsestall! Das ist eine Frechheit", riefen sie. „Wenn deine Klasse nur halb so in Ordnung ist wie unsere, dann habt ihr Glück." Sie stritten eine ganze Weile, und für Erna war die Gelegenheit zu weiterem Nachforschen zunächst vorbei.

Das erste Rätsel gelöst!

„Heute werden wir den Fremden in seiner Blockhütte besuchen", flüsterte Peter, als sie sich mit ihm trafen. Erna war ein Stück mit ihnen die Straße entlanggegangen, weil sie einkaufen wollte. Bevor alle losfuhren, fragte sie: „Wohin wollt ihr heute?"

„In den Grüninger Forst", rief Peter und schwang sich aufs Rad. „Dort sind die Himbeeren reif."

Im Forst sind sie gut aufgehoben, dachte Erna. Besser als im Geisterschloß! Insgeheim hatte sie den Verdacht, daß die fünf viel öfter dort herumschlichen, als sie erzählten. Ja – dumm war Erna tatsächlich nicht!

Diesmal kamen die Freunde von der anderen Seite zur Waldwiese. Sie tauchten also genau bei der kleinen Hütte und dem grünen Auto auf. Der Fremde saß an einem kleinen Tisch, den er ins Freie gestellt hatte, und schrieb.

„Guten Morgen!" riefen alle wie aus einem Mund.

Erstaunt sah er auf. „Ach, ihr seid's!" sagte er freundlich. „Ich konnte gestern nicht ins Dorf fahren, weil ich noch zu schreiben hatte."

„Wie lange hausen Sie eigentlich schon hier?" fragte Peter. „Ist es nicht langweilig – so ganz allein?"

„Für mich nicht. Ich bin das Alleinsein gewöhnt." Einen Augenblick schwieg der Mann nachdenklich. Dann sagte er: „Allerdings habe ich erst vor kurzem gemerkt, wie gefährlich es sein kann, wenn man dann wieder unter Menschen kommt. Man gerät ins Schwatzen. Ich habe neulich einfach zuviel geredet, nachdem ich erst einmal mit dem Erzählen angefangen hatte."

„Ja, aber . . ." Hanni wußte nicht, wie sie am besten fragen sollte, damit sie endlich mehr erfuhren, „. . .was haben Sie denn für einen Beruf?"

„Ach, ich habe alles mögliche getrieben", erwiderte der Fremde. „Mir war immer die Hauptsache, daß ich mir einfach das notwendige Geld zum Leben verdiente. Und ich habe stets versucht, allein zu bleiben. Ich habe Häuser mitgebaut, bin an Kraftwerken in ganz verlorenen Gegenden beschäftigt gewesen und habe in der Wüste mit an einer Pipeline für Wasser gearbeitet ..."

„... und Krokodile gejagt", warf Jenni ein.

Zuerst sah der Fremde sie verblüfft an, dann lachte er. „Richtig, das habe ich erwähnt, als ich das Krokodil im Schloßteich sah."

„Jetzt müssen Sie bloß noch sagen, daß Sie Känguruhs gejagt haben", rief Peter.

Aber der Mann schüttelte den Kopf. „Känguruhs habe ich nie gejagt. Doch gesehen habe ich viele. Sie hockten still am Weg und suchten das bißchen Schatten von den Telegrafenmasten und ließen ruhig alle Autos vorüberfahren. Nur aussteigen und näher herangehen, das durfte man nicht. Dann sprangen sie in großen Sätzen davon. Ihr habt es erraten: Ich komme aus Australien. Das ist ein Land, in dem man auch heute noch Abenteuer erleben kann."

Die fünf hatten sich längst im Gras niedergelassen. Nun rückten sie näher. „Stimmt es, daß es dort riesige Schafherden gibt? Und diese komischen Hunde, Di ... Di ... – wie heißen sie?" fragte Jürgen.

„Dingos."

Nanni fragte: „Und daß es noch Menschen gibt, die wie in der Steinzeit leben, herumwandern und Eidechsen essen?"

„O ja. Das stimmt alles. Aber ihr dürft euch nicht ganz Australien so vorstellen. Dort sind auch moderne Großstädte entstanden, mit Kinos, Badeanstalten, Teerstraßen und Hochhäusern. Nicht weit davon aber ist Wüste. Da wachsen nur Dornbüsche im Sand. Manchmal trifft man Schafherden und ein paar Känguruhs, doch kaum Menschen. Eisenbahnschienen tauchen plötzlich auf, man weiß nicht, woher sie kommen und wohin sie führen. Und mitten in der Steppe sieht man auf einmal einen Flugplatz. Oder ein Versuchsgelände für Raketen wie bei der Stadt Woomera, die eine Art künstliche Oase ist. Nur daß es dort ursprünglich keine Wasserstelle gab. Es wird jetzt Hunderte von Kilometern über eine Pipeline herangeführt . . ."

„. . . wie Sie eine mitgebaut haben . . .", ergänzte Hanni.

Der Fremde nickte und lächelte den Freunden zu, die ihn begeistert anstarrten. „Da bin ich wieder mitten im Erzählen! Und ich hatte mir eisern vorgenommen, nicht mehr zu plappern. Einmal bin ich nämlich furchtbar hereingefallen."

„Ich glaube, Sie brauchen uns gar nichts weiter zu verraten", sagte Peter, als sie ein paar Augenblicke schweigend dagesessen hatten. „Wir wissen jetzt, wer Sie sind und warum Sie herkamen."

„Na, da bin ich aber gespannt", lachte der Mann.

„Sie vergessen, daß ich der Enkel des Bürgermeisters von Rottleben bin." Peter grinste ihn an. „Sie sind . . .", er machte eine Pause, damit es noch spannender und fast ein bißchen feierlich wurde, „. . . Sie sind der Sohn der Baroneß Ursel von Harringer und deshalb der Erbe des Geisterschlosses. Vor etwa einem Jahr haben Sie sich zum erstenmal gemeldet und geschrieben, daß Sie nach Deutschland kommen wollten. Und nun sind Sie da."

Der Fremde nickte wieder und sagte leise: „Ja, hier bin ich, aber in einer ganz dummen Lage. Ich habe keine Papiere in der Hand – alles futsch, was ich mühselig zusammengesucht hatte."

Hanni wollte etwas sagen, aber Peter gab ihr ein Zeichen zu schweigen. „Wie ist das passiert?" fragte er.

„Durch meine Leichtgläubigkeit und durch meinen dummen Hang zum Reden nach dem langen Alleinsein." Er gab sich einen Ruck. „Nun kann ich euch ja auch den Rest berichten. Es tut gut, sich einmal alles vom Herzen zu reden, auch wenn ihr mir nicht helfen könnt."

„Wer weiß", murmelte Hanni.

„Also: Ich bin vor etwa einem halben Jahr nach Canberra gegangen. Das ist die Hauptstadt von Australien, und dort hatten mein Vater und ich eine kleine Wohnung, seit meine Mutter gestorben war. Mein Vater ist auch tot, schon zehn Jahre. Seitdem bin ich im ganzen Land herumgezogen. Die Wohnung habe ich der alten

Frau überlassen, die uns früher immer half. So konnte ich alles in der Wohnung lassen, wie es war, und die Frau sparte die Miete. – Ich habe in den Papieren meines Vaters gekramt und alle Unterlagen gefunden, die ich brauchte: Geburtsurkunden und die Heiratsurkunde meiner Eltern, auch ein Tagebuch meiner Mutter. Dann habe ich alles Geld von der Bank geholt, bin nach Sydney gefahren und von dort mit dem Schiff nach Deutschland. In meiner Kabine wohnte noch ein anderer Mann, ein Herr Lense. Der hat mich ausgefragt, woher ich komme und was ich in Deutschland will. Ich habe ihm erzählt, wie ich eines Tages zufällig eine Anzeige gelesen hatte, in der ein Harringer-Erbe gesucht wurde. Herr Lense versprach eifrig, mir zu helfen. Dann hat er sich die Urkunden genau angesehen. ‚Scheint alles in Ordnung zu sein', hat er ein paarmal versichert. Wir haben abends oft bei einem Bier zusammen gesessen. Dann habe ich von Erinnerungen meiner Mutter gesprochen, die sie mir berichtet hatte: von dem Schloß, wie schön es gebaut sei, von dem Teich und dem großen Park und von dem vielen Wald, der dazu gehört. Von all dem habe ich geredet, weil es ja mein Ziel war, herzufahren und zunächst einmal alles anzuschauen. Ich habe mir nichts dabei gedacht, daß dieser Herr Lense sehr aufmerksam lauschte. In Hamburg habe ich dann mit ihm zusammen ein Hotelzimmer genommen, weil die Unterkünfte spät am Abend knapp waren und wir während der Schiffsreise sowieso zusammen in einem Raum wohnten. Doch als ich am Morgen aufwachte, war er fort. Mit ihm alle Papiere, die im Koffer gelegen hatten, und fast das ganze Bargeld. Nun, das Geld war der geringste Verlust. Ich besitze genügend Reiseschecks, und meinen Paß hatte ich zum Glück unten beim Portier abgegeben. Doch woher bekomme ich die Papiere wieder?"

Da platzten die fünf fast vor Lachen, und er sah sie bestürzt an. Aber schon redeten sie drauflos: „Der Herr Lense ist doch ein kurzer dicklicher Mann?" fragte Hanni, und Nanni setzte hinzu: „Mit kleinen Schweinsaugen und rotem Haar?"

„Sehr zappelig ist er, nicht wahr?" rief Jürgen, und Jenni fragte weiter: „Auch älter als Sie?"

Der Australier sah von einem zum andern. „Nun sagt bloß . . .“, brachte er schließlich heraus, „woher wißt ihr das alles?“

„Weil wir vorgestern erst mit dem sauberen Herrn gesprochen haben“, antwortete Peter. „Er war bei meinem Großvater. Aber da nannte er sich nicht Lense, sondern Lohse-Harringer. So stand es in seinem Paß, der allerdings verschmiert und nicht gut lesbar war.“

„Er hat seine Ansprüche auf das Schloß angemeldet“, berichtete Jenni, „an das Schloß seiner Väter, wie er feierlich erklärte.“

„So war es doch richtig, daß ich herfuhr“, sagte der echte Harringer-Erbe. „Ich hatte heimlich damit gerechnet, daß er herkam. Und gerade gestern war mir, als ob ich ihn gesehen hätte. Deshalb ging ich nicht ins Dorf.“

„Aber was suchten Sie in dem Baumhaus?“ fragte Hanni neugierig. „Sie sind ja sogar heute nacht dort herumgekrochen!“

„Langsam werdet ihr mir unheimlich, Herrschaften! Woher wißt ihr von meinem nächtlichen Ausflug?“

„Weil wir ganz nahe dabei waren. Aber das erzählen wir Ihnen später. Jetzt müssen wir erst einmal beraten, was Sie am besten unternehmen“, sagte Peter.

Und sie heckten miteinander einen Plan aus, den sie großartig fanden.

Der echte Erbe

„Jammerschade, daß wir nun alles den Erwachsenen überlassen müssen", seufzte Hanni beim Schlafengehen. „Wenigstens weiß der Baron, daß wir ihm geholfen haben."

„Du, ein Baron ist er aber nicht", meinte Nanni. „Rede ihn nicht so an, sonst lacht er dich aus. Ich bin bloß gespannt, wann die Geschichte platzt. Peter glaubt ja, daß der Lense morgen zu seinem Großvater kommen will."

Peter behielt recht. Er kam kurz zu Hubers und gab Bescheid. Die anderen sausten noch in der gleichen Stunde in den Grüninger Forst. Weil sie ihren neuen Bekannten nicht antrafen, hefteten sie an die Tür des Blockhauses einen großen Zettel:

Heute nachmittag, 4.30 Uhr, kommt Ihr „Freund" zum Bürgermeister. Wir erwarten Sie zu dieser Zeit bei der Polizei.

Daß ein Tag so lang sein konnte! Immer wieder sahen sie auf die Uhr. Peter aber berichtete unterdessen seinem Großvater von dem neuen Harringer-Erben. Der war sehr überrascht. Freilich – so hellauf begeistert wie die jungen Freunde war er nicht. Ihm war es recht, wenn der unangenehme Besucher nicht in das Schloß einzog. Doch wie war der andere? Und wie wollte er beweisen, daß er der rechte Erbe war, wenn seine Papiere fehlten?

Peter setzte sich nach dem Mittagessen mit seinen Verbündeten in Hubers Laube. „Großvater meint, der Wachtmeister soll mit dem Australier zusammen in sein Büro kommen", berichtete er. „Wollt ihr dem Huber vorher auch reinen Wein einschenken?"

Sie überlegten. „Wir sagen nichts", entschied Hanni. „Nun sollen die Großen selber handeln. Vermutlich bittet der Australier von selber den Wachtmeister um seine Begleitung!"

„Jetzt können wir uns um das Falschgeld kümmern", sagte Nanni am Schluß der Besprechung. „Und ich finde, wir sollten den Fremden einweihen. Er kann uns bestimmt raten. Dann kommen wir schneller voran."

„Ja!" Jürgen nickte. „Die Zeit ist wieder knapp: Heute ist schon Mittwoch. Bis Samstag *müssen* wir wissen, wo das Falschgeld herkommt."

„Ob der Australier aber nichts Wichtigeres zu tun hat?" überlegte Jenni.

„Bestimmt. Doch ihm kann es nur recht sein, wenn in seinem Schloß Ordnung herrscht", sagte Jürgen. „Ich bin dafür, mit ihm zu reden."

Also gut – sie beschlossen, am Donnerstag morgen beizeiten hinauszufahren und mit ihm zu sprechen.

„Lohse", stellte sich der Australier dem Wachtmeister Huber vor. Er schilderte ihm kurz seine Lage. „Ich weiß, daß mein ehemaliger Kabinengenosse jetzt beim Bürgermeister ist", schloß er. „Bitte, kommen Sie mit mir dorthin."

„Sie sind gut informiert", sagte Herr Huber schmunzelnd, „und ich habe das Gefühl, daß ich Ihre Helfer genau kenne." Denn es war ihm längst aufgefallen, wie aufgeregt seine jungen Gäste an diesem Tag waren und daß sie sich eingehend nach seinem Dienstplan erkundigten. „Nach vier sind Sie bestimmt in der Polizeistation?" hatte Hanni zu allem Überfluß gefragt, und er hatte versichert: „Wenn nichts dazwischenkommt – gewiß!"

Der Fremde lachte bei seiner Bemerkung nur, sagte aber nichts. So gingen sie hinüber ins Bürgermeisteramt.

Dort lauerten wieder einmal die fünf Freunde auf dem Hof. Bei ihnen war die alte Lene – diesmal freilich ahnungslos, denn die Zwillinge hatten sie in ein langes Gespräch verwickelt.

„Gibt es hier wirklich einen Gang zum Schloß hinüber?" hatte Hanni gefragt, und als Lene beteuerte: „Nie hat jemand etwas davon gesehen", da hatte Nanni vorgeschlagen, daß man vielleicht doch noch einmal nachschauen sollte.

Lene hatte sich trotz ihrer Vorliebe für die lustigen Zwillinge richtig ereifert über diesen törichten Aberglauben – wie sie sagte –, und sie stritten nun schon eine Weile in aller Freundschaft.

Da traten der Wachtmeister und der Australier in den Hof. Die fünf winkten ihnen zu und riefen: „Hallo!“ Beide winkten zurück. Es stand ja nicht fest, wem das Winken galt! Lene aber, die zunächst gerufen hatte: „Schönen guten Tag, Huber!“, verstummte plötzlich. Mit großen Augen sah sie zu dem Fremden hinüber. Es sah beinahe so aus, als wollte sie auf ihn zugehen. Aber dann blieb sie stehen und murmelte nur: „Na, so etwas!“

Die beiden Männer verschwanden im Haus. Lene schwieg. Da hielt Peter es nicht länger aus. „Was hast du eigentlich auf einmal, Lene?“ rief er.

„Kinder“, sagte sie, „wenn dieser Mann mir erzählte, er wäre Ursel Harringers Sohn, dem würde ich es glauben.“

Da schwiegen sie, nur Jenni meinte vorlaut: „Vielleicht ist er es wirklich.“ Kopfschüttelnd ging Lene in die Küche.

Im Amtszimmer ging es lebhafter zu. Auf das laute „Herein!“ des Bürgermeisters waren die beiden eingetreten. Der angebliche Schloßerbe, den die anderen drei gespannt beobachteten, wurde bleich, als er den Australier erkannte.

„Sieh mal an“, rief der. „Da ist ja der Herr Lense, mein ehemaliger Kabinengenosse.“

Aber der hatte sich schnell gefaßt. „Kabinengenosse? Was heißt das?“ rief er. „Ich habe Sie noch nie gesehen!“

Der andere lachte. „Vor allem möchten Sie mich *jetzt* nicht sehen. Aber ich bin nun einmal hier. Und ich verlange von Ihnen die Familienpapiere zurück, die Sie mir im Hamburger Hotelzimmer gestohlen haben.“

„Darf ich Sie bitten, sich auszuweisen?“ sagte der Bürgermeister zu ihm.

Mit einer Entschuldigung stellte der Fremde sich als Reinhard Lohse-Harringer vor und gab dem alten Herrn seinen Paß. Der blätterte darin und prüfte ihn genau. Dann griff er nach dem anderen Paß, der auf seinem Schreibtisch lag, und verglich die beiden Dokumente. „Der gleiche Name steht in diesem Paß“, sagte er zum Wachtmeister. „Aber vergleichen Sie einmal: Hier ist korrigiert worden. – Wie nannten Sie diesen Herrn?"

„Lense."

„Freilich, das ließ sich verhältnismäßig einfach in Lohse abändern – und Harringer, das wurde einfach angefügt."

„So, und wer gibt Ihnen das Recht, mir dies in die Schuhe zu schieben?" fragte nun der Rothaarige. „Warum soll nicht jener Paß dort gefälscht sein? Fragen Sie den Mann doch nach anderen Unterlagen. Und fragen Sie ihn, was er überhaupt hier will!"

Das war recht geschickt von ihm. Noch hatte der Fremde ja nicht gesagt, warum er kam. Und wenn dem Bürgermeister und dem Wachtmeister der jüngere Mann auch auf den ersten Blick tausendmal besser gefiel als der erste Besucher – sie waren Amtspersonen und mußten genau prüfen, wer recht hatte.

„Ja, mein Herr", sagte der Bürgermeister deshalb zu dem Australier, „bitte nennen Sie zunächst einmal ihr Anliegen."

„Gut. Ich bin der Sohn der ehemaligen Baroneß Ursel von Harringer", sagte er. „Meine Eltern sind tot. Ich habe in Australien, wo ich geboren bin, durch Zufall eine Anzeige gelesen, daß ein Erbe für das Schloß Harringen gesucht wird. Daraufhin habe ich mich vor etwa einem Jahr bei der Schloßverwaltung gemeldet. Damals lebte ich auf einer einsamen Baustelle und konnte meine Arbeit nicht im Stich lassen. Sobald die Talsperre fertig war, ging ich in die Hauptstadt, suchte alle Papiere zusammen und fuhr nach Deutschland. Wie gesagt: Dieser Herr teilte meine Kabine. Ich habe aus meinem Ziel keinen Hehl gemacht. Gutgläubig habe ich ihm sogar meine Unterlagen gezeigt, weil er mir angeblich helfen wollte. Dann habe ich nach der Ankunft, als es schwierig war, noch spät abends eine Unterkunft zu finden, mit ihm zusammen ein Doppelzimmer im Hotel genommen. Daß er mir ein Schlafmittel verpaßt hat, kann ich bloß vermuten, aber nicht behaupten. Jedenfalls habe ich fest und lange geschlafen. Am anderen Morgen aber war Herr Lense von der Bildfläche verschwunden und die Mappe mit meinen Urkunden auch. Hier in Rottleben sehe ich ihn zum erstenmal wieder."

„Ein feiner Schwindel, den Sie den Herren auftischen", spottete der Rothaarige. „Das müssen Sie erst einmal beweisen."

„Das will ich auch", sagte der Fremde ernst. Er wandte sich an den Bürgermeister. „Zum Glück besitze ich noch das Tagebuch meiner Mutter, von dem ich bisher keinem Menschen etwas gesagt habe. Und darin habe ich zwei Hinweise gefunden, die mir vielleicht weiterhelfen." Er griff in die Innentasche seiner Jacke und holte einen abgegriffenen Lederband heraus. Darin blätterte er. Doch ehe er weitersprach, wandte er sich an den Bürgermeister und dann an den Wachtmeister: „Es handelt sich um zwei Sachen, die noch heute geklärt werden müssen. Ich habe es schon auf eigene Faust versuchen wollen, wurde bisher aber immer daran gehindert. Im Schloß kreuzen öfter Besucher auf, als man vermuten sollte. Vielleicht war das sogar gut. – Versprechen Sie mir, heute noch nachzuprüfen, wie es sich mit den beiden Hinweisen verhält? Dieser Herr kann ruhig Zeuge sein."

Bürgermeister und Polizist sicherten ihm ihre Hilfe zu. Der andere aber sagte: „Ich verzichte. Diese Anschuldigungen sind lächerlich. Ich habe heute abend keine Zeit, mir die angeblichen Beweise noch anzusehen. Morgen muß ich in die Landeshauptstadt. Dort werde ich mich an die vorgesetzten Behörden wenden." Damit griff er nach seinem Paß und wollte auch die übrigen Papiere vom Tisch nehmen.

Aber der Bürgermeister war schneller. „Die Urkunden scheinen mir zur Grundlage eines Rechtsstreites zu werden", erklärte er und drückte sie dem Wachtmeister in die Hand. „Bitte, tun Sie sie dort in den Schrank, Huber. Ich schließe sie nachher in den Panzerschrank. Selbstverständlich bekommen Sie eine Quittung darüber, wendete er sich an den Rothaarigen. „Einen Augenblick!" Er bestätigte dem Besucher den Empfang aller Urkunden, die er nach dem Diktat des Wachtmeisters einzeln aufführte.

Mit der Quittung, seinem eigenen Paß und einem wütenden „Sie werden von mir hören!" verließ der Dicke den Raum.

Der Australier erzählte: „Bitte hören Sie, was ich aus den Berichten meiner Mutter weiß: Im Park stand dicht am Teich unsere

Wütend rechtfertigte sich der zwielichtige Herr Lense

kleine Hütte, in der wir uns beim Baden immer umzogen. Daneben hatte mein Vater mir ein Baumhaus bauen lassen. Vetter Gerhard und ich wohnten gern darin. Wir hatten Becher und Teller dort und ließen uns nachmittags unseren Kakao hinaufbringen. Auch unsere Lieblingsbücher nahmen wir mit hinauf. Wir taten sie immer in eine wasserdichte Tasche, falls nachts Regen kam und das dünne Dach unseres Baumhauses nicht dicht hielt. Einmal aber brachte Gerhard mir ein kleines silbernes Herz an einer Kette. Das hatte er von seinem Taschengeld gekauft. Ich sollte es immer tragen, verlangte er. Doch dann riß die Kette und rutschte mit dem Herz in eine Spalte der großen Eiche. Was haben wir angestellt, um das Herz herauszuholen! Mit Stöcken und Angelhaken, mit Taschenlampen haben wir gearbeitet. Das Herz blieb verschwunden. Wahrscheinlich hätten wir den Spalt mit einer Säge verlängern müssen. So aber zeichnete mein Vetter – er war immer ein bißchen romantisch – ein goldenes Herz an die Stelle, wo mein silbernes verschwunden war, und brannte die Umrisse sogar mit einem glühenden Nagel ein. ‚Jetzt bleibt dein Herz immer in unserem Baumhaus!' sagte er lachend. Er hat sogar recht behalten: Die Erinnerung an unser Baumhaus verließ mich nie!“ Der Fremde sah lächelnd auf. „Meinen Sie nicht, daß wir nach dem kleinen silbernen Herz suchen sollen? Mit einer Säge? Und können Sie es als Wahrheitsbeweis werten? Vorausgesetzt, daß wir es finden?“

„Ich glaube wohl“, sagte der Bürgermeister bedächtig. „Aber Sie sprachen von zwei Hinweisen.“

„Und der andere scheint mir noch mehr Gewicht zu haben. Hören Sie, was ich meine. Mutter hat es wohl geschrieben, als sie schon schwer krank war. Sie hat es ausdrücklich für mich und voller Ahnung geschrieben: Wenn unser Sohn eines Tages in meine Heimat kommt und vielleicht beweisen muß, daß er auch ein Harringer ist, dann soll er sagen, daß der Erbring der Familie, mein Eigentum, nie aus dem Schloß verschwunden ist. Am Tag, bevor ich fortging, bin ich in das ‚Verlies' meines Vaters hinabgestiegen – so nannte er im Scherz die Trinkstube, die vor dem Keller an der rechten Schloßseite liegt – und habe den Ring in einer kleinen Spanschachtel in einem der Weinschränke versteckt: ganz rechts, wo der alte Rotwein lagerte, in der dritten Reihe von unten. Es ist ein glatter, breiter Goldreif. In der Mitte trägt er eine runde Platte mit dem gefiederten Helm, unserem Wappen, und zu beiden Seiten zwei wundervolle Saphire von je drei Millimeter Durchmesser.“ Der Fremde schloß das Tagebuch.

„Nun“, sagte der Wachtmeister Huber, „diesen Ring finden wir gewiß, wenn die Flasche davor noch nicht geleert ist. Die kleine Spanschachtel steckt sicher noch im Schrank.“

„Und wir wollen in das Protokoll, das ich aufsetzen werde, auch Ihre Beschreibung des Ringes und des Wappens aufnehmen, vor allem, falls sich Ihr rothaariger Feind wieder meldet“, erklärte der Bürgermeister. – Nun, der meldete sich nie wieder. Vermutlich war er froh, daß er ohne Schwierigkeiten davongekommen war. Ihm hätten ja Anzeigen wegen Diebstahl und Urkundenfälschung gedroht. Dem neuen Schloßherrn lag nichts daran, daß dieser bestraft wurde.

„Ich trage selber Schuld“, sagte er. „Ich habe einfach zuviel geschwatzt. Da war für ihn die Verführung zu groß, besonders weil der Name so leicht zu fälschen war.“

Zunächst einmal gingen die drei Herren ins Freie. Sie wollten zum Schloß fahren. Da fiel dem Bürgermeister noch etwas ein. „Lene“, rief er laut, „Lene, komm doch mal her!“

„Bin schon da!“ rief Lene zurück. Sie eilte flink herbei.

„Sag mal“, begann der Bürgermeister mit verschmitztem Lächeln, „kommt dieser Herr dir irgendwie bekannt vor?“

Wie aus der Pistole geschossen, antwortete Lene: „Wenn du wissen willst, an wen er mich erinnert: Er ist der Ursel wie aus dem Gesicht geschnitten.“

„Das ist das allerbeste Zeugnis für Sie, Herr Lohse“, sagte der Bürgermeister. Er lachte schallend über die Art, in der die alte Lene ihre Meinung ausgedrückt hatte. „Unsere Lene hat nämlich Ihre Mutter gut gekannt. Und den feinen Herrn Lense hat sie neulich gründlich abblitzen lassen.“

„Dann bedanke ich mich herzlich, Frau Lene“, sagte der junge Mann und schüttelte der guten Alten die Hand. „Ich hoffe, Sie erzählen mir später viel von meiner Mutter.“

Sie gingen zum Wagen des Bürgermeisters. Doch ehe sie abfuhren, zögerte der junge Mann. „Sind vielleicht die drei Mädchen und die beiden Burschen in der Nähe, denen ich ein paarmal begegnet bin?“ fragte er. „Ich hätte sie gern dabei, wenn wir im Schloß suchen. Wir haben gestern Freundschaft geschlossen.“

„Dacht’ ich mir’s doch!“ brummte der Wachtmeister. Aber der Bürgermeister rief laut: „Peter! Peter!“

Und siehe da: Ganz in der Nähe, an einem Scheunentor, tauchte sein Enkelsohn auf, hinter ihm die Zwillinge und die Geschwister Jenni und Jürgen. „Bitte sehr“, sagte der Bürgermeister, „da haben Sie den Fünferbund!“

„Hallo, kommt her“, rief ihr Freund aus Australien, „wollt ihr mit uns zum Schloß fahren?“

Alle nickten begeistert. „Nimm eine Baumsäge mit, Peter!“ rief der Großvater. Peter und Jürgen stiegen zu ihm und dem künftigen Schloßherrn ins Auto. Die Mädchen rannten mit dem Wachtmeister nach Hause. Herr Huber holte seinen Wagen aus der Garage.

„Wohin fahrt ihr?“ rief Erna, als sie ihren Klaus mit den dreien ins Auto steigen sah.

Aber Herr Huber lachte nur: „Du wirst staunen, was heute noch passiert!“

Kopfschüttelnd ging Erna ins Haus. Was bedeutete das nun wieder? Aber ihr Klaus war dabei, und zu ihm hatte Erna unbedingtes Vertrauen. War Klaus in der Nähe, dann passierte „ihren“ Kindern bestimmt nichts.

Der Erbring

Wachtmeister Huber schilderte den Mädchen kurz, worum es ging. Sie hielten an jener Seite des Schlosses, wo die fünf Freunde vor kurzem die Kellertür entdeckt hatten.

Diesmal war es noch hell, und zum Überfluß hatten Wachtmeister Huber und der Australier starke Taschenlampen dabei. Aber so gut sie im Licht alles erkannten – deutlich war nur, daß keine einzige Flasche Wein mehr im Keller lag. Nirgends! Sie öffneten die Schränke: Alle Regale waren leer. Anders wäre es ja auch verwunderlich gewesen! So lange war das Schloß unbewohnt gewesen! Viele Menschen waren in den Jahren seit dem Tod des letzten Harringers hindurchgegangen. Die Behörden, denen die Verwaltung übertragen wurde, waren weit weg und hatten kein sonderliches Interesse gehabt, alles zu hüten.

„Das hätte ich mir denken können!" sagte der Australier. Er schien mit einem Mal mutlos.

Wachtmeister Huber leuchtete an jene Stelle, die der Beschreibung nach die richtige war. Keine Spanschachtel, kein Ring!

„Sie werden doch jetzt nicht den Kopf hängenlassen!" sagte der Bürgermeister zu dem jungen Mann. „Wir gehen erst einmal zum Baumhaus." Sie stiegen die Treppe wieder hinauf. „Ziemlich steil", meinte der Bürgermeister und wischte sich über die Stirn. „Wenn einer da über den Durst getrunken hatte, muß der Aufstieg kein Vergnügen gewesen sein."

„Wahrscheinlich hat er den Rausch dann gleich unten am Tisch ausgeschlafen", meinte der junge Mann. Alle lachten, und niemand merkte, daß die Zwillinge zurückblieben.

Hanni und Nanni wollten so schnell nicht aufgeben. Sie sperrten den Schrank wieder auf und streckten die Arme tief hinein. Wer sagte denn, daß der Ring wirklich in der dritten Reihe lag? Er konnte doch tiefer gerutscht sein. Oder die Spanschachtel hatte sich verklemmt. Eifrig tasteten sie an der Rückwand entlang. Sehen konnten sie gar nichts. Aber dann fingerten sie beide an einem Spalt in einer Trennwand, jede von einer Seite. Sie lachten, als sich ihre Fingerspitzen plötzlich berührten. Schon wollten sie die Arme zurückziehen. Da . . . halt!

„He!“ rief Nanni. „Das muß der Deckel der Spanschachtel gewesen sein!“ Sie hielt ein rundes Holzstück in der Hand, das zur Hälfte noch einen Rand zeigte. War der Ring aus der Schachtel gestohlen? Noch einmal tasteten sie überall entlang, und dann zog Hanni den Ring heraus. Den Erbring der Harringers! Genau wie die Baroneß Ursel ihn beschrieben hatte: ein glatter, breiter Goldring mit dem Wappen und den beiden Saphiren!

Wortlos starrten sie einen Augenblick darauf, dann rasten sie die letzten Stufen hinauf, am Schloß vorbei zum Badehaus.

Dort war gerade große Beratung, wie man am besten vorgehen wollte. Jenni hatte sich schon ein paarmal nach den Freundinnen umgeschaut, vermutlich hatte sie als einzige die beiden vermißt. Nun rief sie laut: „Was haben die Zwillinge denn?“

Die anderen drehten sich um und sahen Hanni und Nanni wie gejagt heranstürzen. Atemlos kamen sie zu der Gruppe, japsten und keuchten, und Hanni streckte dem Australier die Hand hin, in der sie den Ring hielt.

„Mädchen!“ Er nahm den Ring behutsam, fast andächtig, und betrachtete ihn genau. Dann gab er ihn dem Bürgermeister. Der schüttelte ihm die Hand.

„Das dürfte Beweis genug sein“, rief er, „und ich meine, wir können Sie als künftigen Nachbarn und Schloßherrn begrüßen.“

Nun erst konnten die Zwillinge berichten, wie sie den Ring aufgespürt hatten. Der Bürgermeister meinte: „Ich finde, wir suchen nicht nach dem kleinen silbernen Herzen. Wer weiß, ob der Baum nicht längst darübergewachsen ist. So wird also das Herz immer im Baum bleiben, wie es die Baroneß in ihrem Tagebuch schrieb.“

*

„Das sind ja erfreuliche Nachrichten", meinte Erna, als abends ihr Mann mit den Zwillingen um die Wette berichtete. „Und der rothaarige Fremde ist ein gerissener Gauner. Na, seine Strafe kriegt der schon noch! Eines Tages fällt er gewiß ganz anders herein!" Doch dann guckte sie streng zu den Schwestern hin: „Wissen möchte ich bloß, welche Rolle ihr bei der ganzen Geschichte gespielt habt. Ihr und eure Freunde – wo sind Jenni und Jürgen eigentlich?"

„Die kommen bald herüber. Sie wollten nur schnell nach Hause schreiben und die Post zum Bahnhof bringen."

„Aha! Sie haben wahrscheinlich genauso selten an ihre Eltern geschrieben wie ihr. Und nun kriegen sie Gewissensbisse, ehe sie heimfahren."

Erna ist gescheit, sie durchschaut einen sehr schnell! dachten die Zwillinge wieder einmal – nun wird sie uns gewiß gründlich den Kopf waschen, weil wir so oft mit dem Australier zusammen waren.

Sie hatten sich nicht geirrt! Da kam es schon: „Wo habt ihr den Herrn Lohse zuerst getroffen?"

Was blieb ihnen anderes übrig, als von ihren Erkundungsfahrten zu berichten? Von den nächtlichen Ausflügen erwähnten sie lieber nichts.

„Da habt ihr euch also einfach mit einem wildfremden Mann im Wald getroffen? Wenn das nun ein Verbrecher gewesen wäre? Es konnte ja auch ein Mensch wie dieser Lense sein."

„Aber Erna! Mit dem hätten wir doch nicht gesprochen! Den mochten wir von Anfang an nicht", beteuerte Hanni.

„Ach, hört mir auf damit! Euch war es bloß um eure Neugier und ums Abenteuer zu tun. An mich habt ihr dabei nicht gedacht. Wie hätte ich vor euren Eltern dagestanden, wenn euch etwas passiert wäre?" Erna war ernstlich böse.

„Wir waren doch zu fünft", sagte Nanni leise.

„Das ist auch eure einzige Entschuldigung", knurrte Erna. „Ich hätte es mir ja denken können, daß in euren Köpfen lauter Unfug herumspukte . . ."

„...wie das Licht im Geisterschloß“, meinte die unverbesserliche Hanni.

Wachtmeister Huber hätte beinahe laut gelacht. Doch weil er innerlich seiner Frau recht gab, nickte er ernsthaft und polterte los: „Erna hat wirklich allen Grund, ärgerlich zu sein. Die Sache konnte ebensogut schiefgehen. Gerade wir bei der Polizei erleben immer wieder, wie junge Leute sich als Detektive unnötig in Gefahr bringen. Doch nun Schwamm drüber! Ich schlage vor, wir reden nicht mehr davon.“

Sie holten Spiele hervor und waren mitten beim „Mensch, ärgere dich nicht“, als Jürgen und Jenni erschienen...

Als sie später zu Bett gingen, brachte Nanni das Gespräch noch einmal auf das Falschgeld. „Wir dürfen nicht mehr auf eigene Faust nach dem Verbrecher suchen“, meinte sie. „Der ist bestimmt gefährlich.“

„Das wollen wir ja auch gar nicht“, wandte Hanni ein. „Wir haben doch beschlossen, unseren Australier einzuweihen.“

Daraufhin schlief auch Nanni mit gutem Gewissen ein.

Am anderen Morgen trommelten sie Jürgen und Jenni aus den Betten. „Wir wollen den Australier suchen, bevor er etwas anderes unternimmt.“ Damit hatte Hanni gewiß recht. Sie holten später auch Peter ab. Der hatte gerade von seinem Großvater den Auftrag erhalten, Herrn Lohse noch einmal nach Rottleben zu bitten. So fuhren sie alle fünf in den Grüninger Forst.

„Ihr kommt eben noch zur rechten Zeit“, empfing sie der Australier. „In einer Stunde will ich wegfahren.“

„Das geht nicht“, platzte Jenni heraus.

Herr Lohse lachte. „Und warum nicht?“

„Zunächst bittet Großvater, daß Sie ihn noch einmal besuchen“, berichtete Peter. „Er hat Protokolle aufgesetzt, die Sie unterschreiben müssen – auch wegen dieses Herrn Lense. Und er braucht noch ein paar Auskünfte.“

„Gut, ich komme selbstverständlich. Aber die junge Dame wollte etwas anderes sagen“, meinte der Australier. Dabei sah

Am nächsten Morgen fuhren die kleinen Detektive zu ihrem neuen Freund

er Jenni an, die blutrot wurde, jedoch schwieg. So redete Jürgen an ihrer Stelle.

„Wir möchten Sie um Hilfe bitten", begann er. „Im Schloß – in Ihrem Schloß", verbesserte er sich, „ist nicht alles in Ordnung. Dort treibt sich jemand herum, der irgend etwas hineinschmuggelt und wieder abholt. Wir vermuten: Falschgeld."

„Na, das ist doch . . .! Wie kommt ihr darauf?"

Nun schilderten sie ihm, wie immer wieder falsche Zwanzigmarkscheine auftauchten, wie sie einem nächtlichen Schloßbesucher aufgelauert hatten, und erzählten dann von dem merkwürdigen Schrankschloß im Saal.

„Das ist mir auch aufgefallen, als ich einmal herumging." Herr Lohse nickte. Dann fiel ihm etwas anderes ein. Mit vergnügter Miene sagte er ihnen auf den Kopf zu: „Ihr habt also mich als Einbrecher oder Hehler verdächtigt. Und diesem Verdacht verdanke ich eure Bekanntschaft. Stimmt's?"

Alle fünf hatten so rote Köpfe, daß eine weitere Antwort unnötig war. Herr Lohse lachte. „Habt ihr noch einen anderen Verdächtigen?"

Die Freunde erzählten nun von dem Reisenden, der immer beim alten Kunze wohnte.

„Gut", sagte Herr Lohse, „ich helfe euch. Zunächst knöpfe ich mir einmal diesen alten Mann vor. Und die Polizei verständige ich auch." Er sah die Zwillinge an. „Warum habt ihr nicht längst mit eurem Wachtmeister Huber gesprochen? Der scheint mir ein ganz patenter Mann zu sein, mit dem man Pferde stehlen kann – wenn man das von einem Polizisten behaupten darf", setzte er lachend hinzu.

Die Zwillinge nickten. „So ist er auch", sagte Hanni. „Aber Erna, seine Frau, die ist schrecklich ängstlich. Und wenn Sie mit ihm reden: Erna darf auf gar keinen Fall erfahren, daß wir nachts im Park waren. Bitte!"

„Verlaßt euch drauf, sie erfährt nichts", versprach er.

Eine Katze hilft der Polizei

Zum zweitenmal war der Australier beim Bürgermeister. Von dort ging er zur Polizeistation und – da Wachtmeister Huber schon Dienstschluß hatte – in Hubers Haus. Erna freute sich, daß sie den neuen Schloßherrn zu Gesicht bekam. Noch wußte ja niemand anders im Dorf, daß er es war!

Der Wachtmeister bat ihn in sein Büro, aber Herr Lohse winkte ab. „In Ihrem Wohnzimmer sind doch gewiß Ihre Feriengäste. In deren Gegenwart möchte ich gern berichten, was mir da über sonderbare Leute im Schloß zu Ohren gekommen ist. Sie sind ja gescheit und können uns vielleicht weiterhelfen, wenn sie Augen und Ohren offenhalten." Dabei zwinkerte er dem Wachtmeister zu.

Der begriff: Unsere lieben Kinder stecken wieder einmal mittendrin! Aber er wollte weder ihnen noch seiner Erna Kummer bereiten, also zwinkerte er zurück und lud den Gast in sein Wohnzimmer ein. „Bring uns eine Flasche Wein", bat er seine Frau.

„Also", fing der Australier an, als alle um den runden Tisch saßen, „ich erfuhr zufällig, daß hier in der Gegend wiederholt Falschgeld aufgetaucht ist. Das Versteck in dem verlassenen Schloß zu suchen lag nahe. Wer aber brachte es dort unter? Und wo? Ich ging zu dem alten Mann, der an der einen Parkseite in einer halben Ruine haust. Erst kam ich wegen seines Hundes beinahe nicht an seine Wohnung heran. Aber ich rief ihm zu, daß ich wahrscheinlich das Schloß geerbt habe – warum soll ich's nicht sagen? –, und da holte er den Hund zurück und ließ mich in sein Zimmer. Eine sonderbare Bude übrigens, vollgestopft mit Erinnerungen an die Harringers: Fotos, Tabakspfeifen, Geweihe – ich muß es später genau betrachten. Der Alte war wohl eine Art Parkaufseher, und er hat sich von seinen Bäumen nicht trennen wollen. ‚Wohnen Sie hier?' fragte ich. ‚Und wovon leben

Sie?' Er bekommt eine kleine Rente – ‚Zum Leben zuwenig und zum Sterben zuviel', meinte er. Er verdient sich ein bißchen Geld durch einen alten Kohlenmeiler, den er betreibt. ‚Bringt das denn etwas ein?' fragte ich. Da erzählte er von einem jungen Mann, der manchmal zu ihm kommt. ‚Er erschien eines Tages', sagte er, ‚und fragte nach einem Raum zum Schlafen. Ein Feldbett hatte er dabei. Er reist nämlich im ganzen Kreis herum, ist eine Art Vertreter. Der bot mir an, meine Holzkohle zu verkaufen. Für den Schlafraum bezahlt er auch. So habe ich immer ein paar Mark extra. Mich stört er nicht, und mein Hund läßt ihn durch. Dem hat er ein paarmal ein großes Stück Wurst mitgebracht.'"

„Das kann also unser Mann sein", meinte der Wachtmeister. „Bei der nächsten Gelegenheit will ich ihn einmal unter die Lupe nehmen."

„Wir haben ihn erst vor kurzem gesehen", rief Hanni.

„So – woher kennt ihr ihn denn?" fragte Erna mißtrauisch.

„Aber Erna! Ihr selber habt doch von einem Vertreter mit einem Kombiwagen erzählt, der Tüten und Einwickelpapier verkauft. Der war letzte Woche im Nachbardorf."

„Ach so!" Dagegen ließ sich nichts sagen.

Der Wachtmeister bat: „Gebt mir Bescheid, sobald ihr ihn seht!"

Doch am gleichen Abend fand Herr Lohse, als er noch einmal durchs Schloß wanderte, den Wandschrank weit offen . . . leer. Der alte Kunze wußte nicht, ob der junge Mann dagewesen oder fortgefahren war. Hatte er das Gespräch mittags belauscht? Bei einem Kaufmann im Ort war er – nach dessen Auskunft – vier Tage vorher gewesen, seitdem nicht mehr. Sein Name? Auf Quittungen stand „Rose", kein Vorname, keine Anschrift. „Er kam unerwartet, und wir bestellten bei seinen Besuchen einfach mündlich", sagte der Kaufmann. „Bezahlt haben wir immer bar."

Da war nichts zu erfahren.

Doch dann kam Hilfe von einer ganz anderen Seite: von einer Katze!

Fräulein Wagner erschien gerade an diesem Abend noch spät bei Hubers und wickelte ein Päckchen aus. „Das schleppte eine von Mutters Katzen heran!"

Es war ein winziges Bündel, in Papier eingeschlagen und mit einem langen losen Faden umwickelt. „Die Katze hat den Faden wohl irgendwo aufgestöbert, damit gespielt und ihn weitergezerrt. Das Bündel auch. Packen Sie es mal aus! Ich habe es getan, aber alles schnell wieder verschnürt, wie es vorher war."

Ein paar Zwanzigmarkscheine lagen darin: falsche Scheine! Vermutlich war das schmale Päckchen beim eiligen Aufbruch irgendwo heruntergefallen und von der kleinen Katze fortgeschleppt worden.

„Nun haben wir ihn!" rief Wachtmeister Huber. Er ging ans Telefon und gab eine Meldung durch. Der ganze Polizeiapparat wurde sofort in Bewegung gesetzt.

Am nächsten Abend schon saß der Gauner hinter Schloß und Riegel. Man hatte ihn in einem Dorf geschnappt, als er den Kaufladen besuchte. In seinem Auto lagen Pakete mit falschen Geldscheinen.

„Haben Sie noch mehr darüber erfahren?" fragten die Zwillinge, als der Wachtmeister diese Nachricht brachte.

Er nickte. „Soviel ich hörte, hatte der Gauner ein ganzes Lager für eine Druckerei. Die steht im Nachbarkreis, aber er fühlte sich dort nicht mehr sicher. Da tarnte er sich als Vertreter, um von hier aus die Blüten unter die Leute zu bringen."

„Blüten?" fragte Hanni mit großen Augen.

„So werden die falschen Scheine von den Gaunern genannt."

„Und warum wohnte er beim alten Kunze?" wollte Nanni wissen.

„Dort war er nahe bei seinem Versteck und konnte ungestört kommen und gehen. Der Hund tat ihm nichts. Das habt ihr ja gehört. Seelenruhig konnte er aus- und einladen."

„Bis wir ihn störten!" lachte Hanni.

„Richtig! Aber damit habt ihr euch wieder mal verraten, Herrschaften! Gut, daß Erna gerade hinausgegangen ist. Guckt nicht so entsetzt, ich werde mich hüten, meine Frau nachträglich zu erschrecken. Euer Glück, daß ihr euch zuletzt an Herrn Lohse gewandt habt!" Er zupfte die Zwillinge an den Ohrläppchen und sagte: „Schlaft gut, und ruht euch auf euren Lorbeeren aus! Erna ist draußen in der Küche, falls ihr sie sucht."

Die beiden gingen schnell zu ihr und wünschten ihr sehr herzlich eine gute Nacht.

„Was habt ihr denn heute?" fragte sie.

„Ach, es sind so wundervolle Ferien bei dir", versicherte Hanni, und Erna war wieder einmal gerührt über ihre lieben Kinder.

Für das letzte gemeinsame Wochenende mit den Geschwistern Jürgen und Jenni hatten Hubers eine lange Fahrt bis zum Meer geplant. Peter konnte diesmal nicht mit, seine Eltern waren beim Großvater zu Besuch. Und Mechthild hatte Ferien, sie war schon ein paar Tage vorher mit zwei Freundinnen in den Süden gereist. So fuhren sie zu sechst in Hubers Wagen. Jürgen und Jenni vorn neben Herrn Huber, hinten Erna zwischen ihren beiden „Kindern".

Sie blieben unterwegs in einem kleinen Hotel, in dem Hubers schon öfter übernachtet hatten. So friedlich verliefen die beiden Tage – kaum zu glauben, welche Aufregungen hinter ihnen lagen!

„Nun können wir auf jeden Fall in Lindenhof davon erzählen", sagte Jenni zu den Freundinnen. „Wir haben uns nicht blamiert. Im Gegenteil: Wir haben *noch* einen Fall gelöst, nämlich den richtigen Schloßherrn gefunden!"

„Ihr seid doch gräßliche Angeber", unterbrach Jürgen die Schwester. „Gelöst haben wir überhaupt nichts. Wir haben bloß ein bißchen mitgemischt."

„Aber sehr entscheidend", meinte Nanni. „Hanni hat den Ring gefunden, vergiß das nicht! Und der Tip mit dem Vertreter – stammte der vielleicht nicht von uns?"

Jürgen antwortete nur mit einem Achselzucken. Insgeheim überlegte er jedoch, daß er seinen Kameraden erzählen wollte, wie er nachts mit Peter im Park herumgeschlichen war und wie durch sie der Spuk aus dem Geisterschloß vertrieben wurde.

Als Jürgen und Jenni am Montag von Rottleben aus zur Heimfahrt starteten, bedankten sie sich tausendmal bei ihren großzügigen Gastgebern.

„Ihr kommt ja wieder“, sagte Erna am Schluß, „wenn das große Fest im Schloß steigt.“

Richtig – das Fest! Herr Lohse war inzwischen in die Landeshauptstadt gereist, um sich bei der Verwaltung auszuweisen und alles zu regeln, was es zu regeln gab, bevor er das Erbe wirklich antreten konnte. Er war zuversichtlich, daß er keine Schwierigkeiten mehr haben würde. Der Bürgermeister hatte ihm seine Hilfe zugesagt, falls er sie brauchte. Er hatte ihm außerdem versichert: „Wegen der hohen Kosten für Reparaturen und Umbauten im Schloß brauchen Sie sich keine Gedanken zu machen. Die Pacht für Äcker und Wiesen muß in all den Jahren einen schönen Batzen Geld erbracht haben. Und von dem großen Waldbestand können Sie leicht einen Teil entbehren. Wenn Sie den verkaufen, bringt er ein Vermögen.“

Als der künftige Schloßherr sich von seinen jungen Freunden verabschiedete, dankte er ihnen noch einmal herzlich. Und er lud sie ein. „Sobald ich ins Schloß ziehen kann, feiere ich ganz groß Einstand – auch wenn in den Räumen nicht alles tipptopp ist, müßt ihr kommen. Ihr seid meine Ehrengäste. Wenn ihr eure Eltern und Freunde und Freundinnen mitbringen wollt, dann tut es. Ich fange hier ja ein ganz neues Leben an, ohne Verwandte und ohne Bekannte. Da ist es mir nur recht, wenn ihr mir helft, einen neuen Kreis zu finden.“

Das war eine Aussicht, auf die sich alle freuten. Die Mädchen hatten fest vor, Bobby und Carlotta mitzubringen, vielleicht auch Claudine – das ergab sich gewiß noch. Und Erna sagte den Geschwistern eindringlich, sie möchten ihre Eltern mitbringen, auf die Eltern Sullivan rechnete sie sowieso fest.

Na also – dann war es ja nur ein Abschied auf Zeit! Jürgen und Jenni bestiegen ihre Fahrräder. Sie winkten zurück und veranstalteten ein Klingelkonzert, ehe sie um die Ecke bogen. Kaum waren sie verschwunden, schwangen sich die Zwillinge und Peter auf ihre Räder und jagten ihnen nach. Sie hatten vorher schon verabredet, die beiden ein Stück zu begleiten. Als sie später nach Hause kamen, sagte Hanni am Mittagstisch zu Erna und ihrem Mann: „Daß Jürgen und Jenni so lange hier sein durften, war ganz furchtbar lieb und nett! Und wir danken euch herzlich dafür“, fügte Nanni hinzu.

Zehn Tage später erschienen Herr und Frau Sullivan mit dem Wagen, um die Töchter abzuholen. Die Freude war wohl groß, aber der Abschied von ihrer guten treuen Erna wurde ihnen doch schwer.

„Mutti“, rief Hanni, „es waren himmlische Ferien!“ Und Nanni versicherte: „Vati, du kannst dir nicht vorstellen, wie schön es bei Hubers war.“

Dicke Tränen liefen Erna übers Gesicht, als sie den Zwillingen nachwinkte. Und ihr Klaus stand mit trauriger Miene neben ihr. Die lustigen Schwestern waren ihm in diesen Wochen auch ans Herz gewachsen.

Wieder nach Rottleben

„Hanni! Nanni! Wo seid ihr denn?" Jenni sauste durch die Flure des Internats Lindenhof. „Hat niemand die Zwillinge gesehen?"

Alle schüttelten die Köpfe, bis Doris zur Hoftür hereinkam. „Draußen beim Sportplatz sind sie."

Schnell lief Jenni dorthin und rief wieder: „Hanni! Nanni! Post für euch, wichtige Post!" Dabei schwenkte sie einen Umschlag und zeigte ihnen einen zweiten, den sie selber geöffnet hatte. „Von Herrn Lohse", sagte sie, als die Zwillinge herankamen. „Die Einladung!"

„Endlich!" Hanni riß den Brief auf. „Sonnabend nächster Woche. Ich hatte schon Angst, daß es für ein Fest im Freien zu kalt werden könnte."

„Wann fahren wir?" fragte Nanni.

„Ich denke: Freitag nachmittag", antwortete Hanni. „Wir rufen am besten nachher zu Hause an."

„Und wen laden wir ein?" erkundigte sich Jenni. „Herr Lohse schreibt doch extra: Vergeßt nicht, ein paar Freundinnen mitzubringen."

Bobby und Carlotta sollten mitkommen, das stand fest. Sie hatten längst darüber gesprochen. Hilda, die Klassensprecherin? Sie erwartete für die nächste Zeit den Besuch ihrer Eltern, deshalb konnte sie bestimmt nicht mit. Und Claudine? Ihr hatten sie eine Andeutung gemacht, aber Claudine schien wenig Lust zu haben. Sie war ja ein bißchen bequem und fürchtete wahrscheinlich die Reise und die ungewohnte Umgebung ... Sie wollten zu ihr nichts mehr davon sagen. Von den anderen kam niemand recht in Frage. Sie hatten alle miteinander ein bißchen ungläubig und ein bißchen neidisch gelauscht, als Jenni und die Zwillinge von ihren Abenteuern in Rottleben berichteten. Angela von Faber, die sich auf ihren Adel viel zugute tat, hatte gespottet: „Da soll

Ein Brief für die Zwillinge

nun also ein einfacher Ingenieur Schloßherr werden? Der weiß gewiß gar nichts anzufangen mit einem solchen Bau, noch dazu, wenn er direkt von den Steinzeitmenschen in Australien kommt."

„Hast du eine Ahnung!" hatte Jenni empört geantwortet. „Der wird im Gegenteil sein Geld und sein Schloß richtig benutzen. Gerade weil er sich nicht wichtig macht mit seinem Besitz, den er einfach unverdient übernimmt. Er muß ja erst wieder etwas daraus machen!"

„Na, schön, bewundert euren Helden nur!" sagte Angela. Sie rauschte davon.

Die übrigen Mädchen der Klasse nahmen an, daß die Zwillinge und Jenni sich einen Spaß machten und die ganze Geschichte erfunden hatten. Als nun gar so lange keine Nachricht von Rottleben kam, stand es für sie fest: Die drei hatten ihnen einen tüchtigen Bären aufgebunden!

Aber nun wurde ihnen das Gegenteil bewiesen: „Ihr lieben Mädchen habt mir geholfen, zu meinem Erbe zu kommen", schrieb Herr Lohse. „Wie wir es bei unserem Abschied besprachen, seid Ihr die Ehrengäste bei meiner Einstandsfeier. Ich rechne fest mit Euch und freue mich aufs Wiedersehen."

Die Direktorin, Fräulein Theobald, und die Lehrerinnen waren längst im Bild und hatten erlaubt, daß die Mädchen über ein Wochenende nach Rottleben fuhren. Nun suchten die drei Bobby und Carlotta. Die lösten gerade mit Doris zusammen ein Kreuzworträtsel. „Feier – vier Buchstaben ..."

„Fest – natürlich! Und unser Fest steigt auch", lachte Hanni. „In acht Tagen im Geisterschloß", ergänzte Nanni. „Willst du vielleicht mitkommen, Doris?"

Es war nur ein Einfall, weil Doris gerade dabeisaß. Aber Doris strahlte. „Furchtbar gern", sagte sie, und Nanni war froh, daß sie gefragt hatte.

Es gab noch ein paar Telefongespräche, dann stand fest: Am nächsten Freitag wollten die Eltern Sullivan ihre Töchter abholen und noch eine von den Freundinnen mitnehmen. Die anderen drei wurden von Hubers geholt. Echt Erna: Sie hatte wieder einmal überlegt, wie sie „ihren" Mädchen alles am besten einrichtete. Außerdem war es für sie eine günstige Gelegenheit, Lindenhof kennenzulernen, auf das sie sehr neugierig war!

Nun, sie lernte es kennen, die Zwillinge führten sie überall herum. Das netteste war die Begegnung mit „Mamsell", der Französisch-Lehrerin. Sie kam gerade die Treppe herunter, als Hubers mit Jenni und den Zwillingen in der Halle standen. „Ach bitte, Mamsell", rief Hanni, „dürfen wir Ihnen unsere liebe Erna vorstellen. Sie hat uns zur Hälfte mit erzogen ..."

„... verzogen", warf Jenni ein.

„... meinetwegen verzogen", gab Hanni zu, „und wir waren im Sommer bei ihr."

„Ah ... im Geisterschloß!" Mamsell war stolz, daß sie sofort Bescheid wußte. Aber Erna rief erschrocken: „Geisterschloß? Wir wohnen in einem ordentlichen Haus. Gespenster mag ich nicht."

„Vraiment, ma chère!" rief Mamsell, und Hanni und Nanni erklärten ihr, daß das „Tatsächlich, meine Liebe!" heiße. Sie

8 3668-8

haben recht, ich mag auch keine Gespenster", lächelte Mamsell.

„Eine sehr vernünftige Person", lobte Erna später. „Mit der würde ich mich gut verstehen."

„Sie würde deinem Mann aber manchmal ins Handwerk pfuschen", sagte Hanni. Nanni ergänzte: „Sie fängt gern Verbrecher. Danach stellt sich allerdings immer heraus: Es sind gar keine!"

„Ich hoffe, das traut ihr mir aber nicht zu", sagte der Wachtmeister grinsend. „Wenn ich Einbrecher fange, dann sind es wirklich welche."

„Ach ja, wie ist es eigentlich mit dem Falschgeldmann geworden?" rief Hanni.

„Ist er schon verurteilt?" wollte Nanni wissen.

„Vor acht Tagen. Übrigens bekommt ihr noch Geld. Es war eine Belohnung ausgesetzt. Ein Teil davon gehört euch. Fräulein Wagner, die soviel Ärger mit dem Falschgeld hatte, bekam die Hälfte, weil sie ja den entscheidenden Hinweis brachte. Die andere Hälfte wird unter euch fünfen geteilt. Peter hat seinen Anteil schon."

Das war eine Überraschung.

Die Zwillinge und Jenni überlegten, was sie mit dem Geld anfangen wollten. Sparen? Unsinn – sie wollten doch einen Spaß davon haben. Hin und her rieten sie, bis Jenni den besten Einfall hatte. „Wir kaufen ein Geschenk für Hubers, denen wir das Ganze verdanken."

Nun, das ließ sich hören! Doch was sollten sie kaufen?

„Wollen wir nicht abwarten, ob Jürgen etwas weiß? Wir treffen ihn morgen bestimmt, und besorgen können wir es immer noch. Auch mit den Eltern müssen wir sprechen", meinte Nanni.

Doch Jenni war groß in Form: Ihr fiel schon wieder etwas ein. „Wenn wir nun etwas zur Camping-Ausstattung kauften?"

„Menschenskind, Jenni, bist du gesund?" fragte Hanni besorgt. „So viele gute Vorschläge an einem Tag – wenn dir das nur bekommt!"

Als sie später mit den Eltern sprachen, fanden die Jennis Plan ausgezeichnet. Sie fuhren auf dem Weg nach Rottleben gleich noch zur Stadt und kauften ein. „Jürgen ist gewiß einverstanden“, meinten die Mädchen. Und damit hatten sie recht.

In Rottleben versammelten sich alle zunächst in Hubers Wohnzimmer, das kaum groß genug für so viele Gäste war.

„Ich bin bloß gespannt, wo Erna uns alle unterbringt. Mechthild kommt ja morgen abend auch nach Hause“, murmelte Hanni.

„Also, Mädchen“, rief Erna in diesem Moment, „hört mal zu: Ich habe die Eltern der Zwillinge eingeladen, in dem kleinen Kämmerchen zu schlafen, wo die Mädchen im Sommer wohnten. Ihr sechs geht alle hinüber zum Bürgermeister. Dort gibt es viele Betten, und die alte Lene hat sie für euch gerichtet. Ich habe eben angerufen, daß ihr in einer halben Stunde drüben seid!“

„Und wenn Jürgen kommt, vielleicht sogar mit Freunden?“ fragte Jenni.

„Bei Webers nebenan ist für mindestens drei Platz!“ beruhigte Erna sie. „Sei unbesorgt!“

Die Mädchen verabschiedeten sich also und gingen hinüber ins Bürgermeisteramt. Als sie das Hoftor öffneten, erschien am Küchenfenster ein grauer Kopf.

„Frau Lene“, rief Nanni. Ihre Schwester und Jenni stimmten ein: „Frau Lene! Frau Lene!“ Dann stürmten sie über den Hof. Lene stand nun in der Haustür und begrüßte sie herzlich, auch die anderen drei, die langsam herankamen. „Fein, daß ich euch einmal länger hier habe als bloß zu einem Kaffeebesuch!“

Im Wohnzimmer trafen sie nicht nur den Bürgermeister, sondern auch Peter und dessen Freund Wolfgang.

„Na, da haben wir ja die ganze Besatzung zusammen“, meinte der Bürgermeister. „Bei uns ist es die reinste Jugendherberge.“ Das schien ihm großen Spaß zu machen. Er blieb den ganzen Abend bei den jungen Gästen, die von Lene zunächst ausgiebig gefüttert wurden. Um neun Uhr mahnte Lene: „Heute müssen alle früh ins Bett. Morgen wird es gewiß anstrengend und außerdem spät.“

Die sechs Mädchen schliefen in zwei Kammern, die nebeneinander lagen. Sie waren schon fast eingeschlafen, da rückte Doris mit einem Plan heraus, der sie mit einem Schlag wieder munter machte. Sie standen noch einmal auf, berieten und probten, bis die Kirchturmuhr elf schlug ...

War das ein Spaß, als sie am folgenden Tag die Eltern und die Freundinnen überall herumführten! Sie fuhren sogar zum Waldsee hinaus, aus dem Jürgen das „Krokodil“ gefischt hatte: Herr Huber mit Nanni und Jenni, Bobby und Carlotta in einem Wagen, dahinter die Eltern, mit Hanni und Doris. So konnte immer eine erklären und berichten, was sie gesehen und erlebt hatten. Als sie gegen Mittag nach Hause kamen, war auch Jürgen da. Er hatte niemanden mitgebracht, und zu Jennis Enttäuschung kamen ihre Eltern auch nicht.

Herr Huber war auf der Heimfahrt schnell in die Polizeistation gegangen und hatte einen Brief und einen besonderen Umschlag abgeholt. Bevor alle sich nun für das Fest umkleideten, zog er beides aus der Tasche und las laut vor, daß die Geschwister Hanni und Nanni Sullivan und Jenni und Jürgen Robin für ihre tatkräftige Mithilfe bei der Polizeifahndung den herzlichen Dank und je fünfzig Mark von der ausgesetzten Belohnung erhielten.

Das war das Stichwort! Die Zwillinge liefen mit ihrem Vater zum Kofferraum des Wagens. Jenni nahm ihren Bruder beiseite und erklärte ihm, was sie schon im voraus mit dem von den Eltern ausgelegten Geld angefangen hatten. Frau Sullivan lenkte Erna und ihren Mann inzwischen durch ein Gespräch ab. In Windeseile wurden draußen im Hausflur der Camping-Tisch und die Klappstühle aufgestellt. Dann riß Hanni die Tür zum Wohnzimmer auf. „Erna, komm doch schnell mal, und bring deinen Mann mit!“

Die beiden erschienen sofort, und nun redete Herr Sullivan: „Liebe Hubers, unsere Kinder und ihre Freunde finden, daß Ihnen der Löwenanteil an dem unverhofften Geldsegen gebührt. Das heißt, sie möchten einen kleinen Dank für die schöne Zeit in Ihrem Haus abstatten und Ihnen eine Freude bereiten. Sie sind in Ihrer Freizeit oft unterwegs. Bitte erinnern Sie sich bei einer gemütlichen Rast dann an die Kinder, die von Ihnen oft spazierengefahren wurden und die diese schönen Ferien bestimmt nie vergessen werden."

Erna liefen die Tränen übers Gesicht, es war der reinste Platzregen! Sie konnte gar nicht sprechen, nahm nur „ihre" Kinder, zu denen sie Jürgen und Jenni auch rechnete, abwechselnd in die Arme. Als die zweite Umarmungsrunde begann, ging Jürgen ihr lieber aus dem Weg. Er verzog sich hinter Herrn Huber, der ihm kräftig die Hand schüttelte und dann seine Erna beiseite zog. „Mach Schluß, Erna. Die Mädchen müssen sich umziehen. Und was sollen die Gäste im Schloß denken, wenn du so verweint ankommst?" Er bedankte sich ebenfalls bei den Mädchen und rief dann: „Bitte, in einer Stunde zur Abfahrt hier sein! Jürgen fährt mit Bürgermeisters. Wir anderen behalten die alte Besetzung bei wie von Lindenhof her."

Alle guten Geister . . .

„Kinder, bin ich auf das Schloß gespannt!“ jubelte Nanni, als sie in den Parkweg einbogen. Schon klang von dorther Musik, und dann war der Blick frei. Blumen, Grünpflanzen, fröhliche Menschen . . . So hatten sie das Schloß beim ersten Mal gesehen, so war es auch heute. Trotzdem erschien ihnen alles viel, viel schöner als damals. Da standen Tische mit langen Bänken davor und mit Gläsern und Blumen. Oben auf der Terrasse waren Drähte mit bunten Glühbirnen gespannt, und hinunter bis zu den ersten Bäumen des Parks hingen rote, grüne und gelbe Lampions. Ganze Kübel mit leuchtendem Herbstlaub und hohen Dahlienstengeln standen an allen Ecken und Enden, Girlanden schmückten Türen und Fenster. Sehr fröhlich und festlich sah es aus.

Sie hatten die Autos am letzten Seitenweg im Park gelassen und gingen zum Schloß, vorweg der Bürgermeister mit der alten Lene.

Da kam Herr Lohse. „Hallo“, rief er schon von weitem, „alle meine Ehrengäste auf einmal!“ Er schüttelte jedem die Hand und hieß auch die neuen, unbekannten Gäste willkommen. Dann winkte er der Musik: „Empfangstusch für meine Ehrengäste!“

Die anderen Leute, die schon da waren, kamen heran: junge Mädchen und Burschen aus den Dörfern, ein paar Herren und Damen aus der Landeshauptstadt und von der Kreisverwaltung. Auch Fräulein Wagner und ihre Mutter waren da, und neben ihnen stand – sie rieben sich die Augen – war das wirklich der knurrige alte Kunze, der so vergnügt schmunzelte? Alle klatschten nun, als Herr Lohse die alte Lene, Peter, Jürgen und die drei Freundinnen als seine guten Helfer und Ehrengäste bei diesem Fest vorstellte.

„Richtig peinlich“, murmelte Jenni den Zwillingen zu, und die zwei Jungen wußten nicht, wohin sie vor lauter Verlegenheit gucken sollten. Nur die alte Lene strahlte und winkte vergnügt allen Bekannten zu.

„Bitte zu Tisch!“ rief Herr Lohse. Er führte Lene zur Mitte der Tafel neben seinem eigenen Platz. „Ihr fünf kommt auch her!“ rief er. „Und Sie, Herr Bürgermeister, ebenfalls. Wir müssen für unsere jungen Damen genug Herren haben!“

„So, da werde ich mich wieder zwischen euch setzen“, sagte der Bürgermeister lachend zu den Zwillingen. „Wißt ihr noch, wie wir bei eurer Ankunft gemeinsam am Fenster standen?“

Und ob sie das wußten! „Seitdem ist aber eine Menge passiert!“ meinte Hanni.

Nanni sah sich um, ob die anderen Freundinnen einen guten Platz hatten. Ja, da winkten sie! Die Eltern und Hubers saßen neben ihnen. Auch Mechthild war plötzlich am Tisch und schwatzte schon eifrig mit Wolfgang. Prima!

Prima war auch das Essen, das nun aufgetragen wurde: eine Kremsuppe ... hm! Nanni leckte ihren Löffel noch extra ab und bekam deshalb von Hanni hinter dem Rücken des Bürgermeisters einen Puff. Rinderbraten mit grünen Bohnen – jetzt leckte Nanni die Gabel nicht ab, Bohnen ... brrrr! – und zum Schluß Eis. Alles schmeckte herrlich, bis auf die Bohnen, dachte Nanni, und es gab sogar Wein zu trinken, richtigen Wein. Eine Rede wurde zum Glück nicht gehalten. Herr Lohse hatte nur gesagt: „Nochmals herzlich willkommen und – guten Appetit!“

Mit einemmal waren auch die fünf gar nicht mehr verlegen, sondern seelenvergnügt. Alles wollten sie erfahren: Seit wann Herr Lohse endgültig als Erbe anerkannt war, ob er schon viel gebaut hatte ...

„Das müßt ihr euch selber anschauen“, sagte Herr Lohse.

„Und warum ist der alte Kunze so fidel?“ fragte Hanni.

„Hat er seinen Hund noch?“ erkundigte sich Nanni.

„Ja, und er ist wieder Wächter und führt beim Bau die Aufsicht, wenn ich nicht da bin.“

„Und die Katzenmutter ... Hat sie ihre vielen Katzen behalten?“ fragte Hanni.

„Die sind im Tierheim, bis auf zwei besondere Lieblinge.“

„Werden die Gewächshäuser wieder eingerichtet?“ wollte Nanni wissen.

„Eines Tages bestimmt, aber vorläufig sind noch viele andere Dinge wichtiger.“

So ging es, bis Lene meinte: „Laßt den Herrn jetzt mal in Ruhe essen. Er verhungert ja, wenn er alle Fragen beantworten soll.“

Nach dem Essen konnte jeder tun und lassen, was er wollte. Die Zwillinge und Jenni holten also die Freundinnen und führten sie durchs Schloß. Natürlich hatten sie vorher Herrn Lohse um Erlaubnis gebeten. Nun wanderten sie durch die Räume, in denen sie früher nur verstohlen herumgeschlichen waren. Der Staub war verschwunden. Ein Wohnraum war behaglich eingerichtet. In der Küche stand ein elektrischer Herd – man merkte, daß der Eigentümer eingezogen war. Der große Saal war blitzblank. Auf einem langen Tisch lagen Bauzeichnungen.

„Und dort hinten in dem Wandschrank war damals das Falschgeld...“, erzählte Hanni gerade, als Hubers in den Saal kamen. Erna wollte nun endlich das Versteck sehen. Bei dieser Gelegenheit erfuhr sie, daß Jürgen und Peter dem Gauner hier aufgelauert hatten.

„Euer Glück, daß ihr nicht mitgegangen seid“, sagte sie zu den Zwillingen.

„Aber ich denke...“, fing Bobby gerade an, da trat Jenni ihr mit aller Kraft auf den Fuß. Der Wachtmeister und die Zwillinge machten ihr beschwörende Zeichen zu schweigen. Bobby begriff: Erna durfte nichts davon erfahren.

„Eurem Wachtmeister habe ich ja geglaubt“, sagte Carlotta abends. „Sonst hätte ich gedacht, daß ihr geschwindelt habt.“

„Ihr müßt den anderen in Lindenhof berichten, daß alles stimmt. Ich glaube, Vati hat Fotos gemacht, dann können wir es beweisen“, verlangte Nanni, und die anderen versprachen es.

Die Zwillinge führten die Gesellschaft nun in den Weinkeller, wo sie den Ring gefunden hatten, und erklärten genau, wie sie alle Spalten und Fächer nach dem kostbaren Stück abgetastet hatten.

Zum Schluß wanderten die Kinder zum Badehaus. Das war verändert – „verjüngt“, sagte Nanni. Helle Möbel, bunte Vorhänge, ein neuer Liegestuhl. Dort lag eine Sonnenbrille, da hing ein feuchtes Frotteetuch. Es war deutlich: Das Badehaus wurde wieder benutzt. Auch die Bretter vom Baumhaus hingen nicht mehr lose. Carlotta saß mit einemmal oben und winkte herunter.

„Ob unser Krokodil noch herumschwimmt?“ rief Hanni gerade.

Da hörten sie Herrn Lohses Stimme: „Na, Peter und Jürgen, entdeckt ihr mitten im Teich einen alten Bekannten?“ Wahrhaftig, da schwamm das „Krokodil“! Ein bißchen dünner war es geworden, weil Luft entwichen war. Aber es nickte wieder lebhaft, als Peter mit einem Stein für Wellen im Wasser sorgte.

„Ich habe es im Wasser gelassen“, sagte Herr Lohse, der Hannis Frage gehört hatte. „Was haltet ihr von einer Kahnfahrt? Dort hinten liegen zwei Kähne – funkelnagelneue! Das alte, morsche Boot habe ich an Land gezogen. Vielleicht pflanze ich im Frühjahr Blumen hinein.“

Bootfahren – großartig! Herr Lohse und Wolfgang stiegen mit Jenni und den Zwillingen in einen Kahn, Peter und Jürgen mit den drei anderen Mädchen in den nächsten. Unter lautem Hallo holte Peter das Ungeheuer vom Geistersee in sein Boot.

„Mal sehen, ob es den Winter im Badehaus übersteht“, meinte Herr Lohse später und packte es in ein Regal. Dann gingen sie zu den anderen Gästen zurück.

Im Saal wurde getanzt. Die Kapelle saß im Freien, und manche Leute tanzten auch draußen. Es dämmerte, und mit einem Schlag brannten die vielen bunten Glühbirnen. Der alte Kunze ging herum und zündete die Kerzen in den Lampions an. An zwei Stellen waren plötzlich Tische mit allen möglichen Leckereien aufgebaut, wo jeder sich nach seinem Geschmack etwas zum Essen aussuchen konnte.

Nach einer Weile waren die sechs Mädchen verschwunden, die alte Lene ebenfalls, nachdem sie vorher noch lange mit dem alten Kunze gesprochen hatte. Als sie wieder auftauchte, gab sie ihm ein Zeichen: Alle Glühbirnen erloschen, nur die Lampions mit ihrem Dämmerlicht schaukelten zwischen den Bäumen. Ein breiter Lichtstrahl aus einer starken Jagdlaterne fiel auf die Eingangstür. Von dort kamen sechs sonderbare Gestalten gerannt: Sie waren in lange weiße Gewänder gehüllt – die alte Lene hatte dafür sämtliche fadenscheinigen Bettlaken herausgesucht. Sie trugen spitze Hüte, die ihnen übers Gesicht fielen und nur Augenschlitze hatten. In den Händen hielten sie Lichter. Sie tanzten . . ., und wie sie tanzten! Doris hatte sich plötzlich an ihren Clowntanz erinnert, den sie in Lindenhof schon ein paarmal zum besten gegeben hatte. Ein bißchen davon hatte sie den anderen in aller Eile beigebracht: Sie hoppelten und stampften ganz närrisch herum. Dazu heulten sie schauerlich, und alle begriffen: Das waren die Gespenster aus dem Geisterschloß, die ein letztes Mal umgingen.

Die Zuschauer lachten und klatschten, bis der Spuk zu Ende war.

Doch ehe die Lichter wieder angingen, gab es einen gewaltigen Krach, und blendend hell stieg eine Rakete zum Nachthimmel empor. Das war die Überraschung von Peter und Jürgen, aber sie hatten nicht geahnt, daß sie so toll wirkte.

„Alle guten Geister“, murmelte Erna und faßte ihren Klaus am Arm. Doch das Feuerwerk ging weiter, und ihre Angst verschwand.

Der Bürgermeister stand in der Nähe und hatte ihren leisen Ausruf gehört. Als die letzten Funken am Himmel verglühten und das elektrische Licht wieder brannte, sagte er zum Schloßherrn: „Nun ist Ihr Haus eingeweiht, Herr Lohse! Mein Wunsch für Sie und uns als Ihre Nachbarn: daß alle guten Geister darin wohnen mögen! Gute Nacht!“

Das Fest war aus.

„Gute Nacht“, wünschten sich eine Stunde später die Freundinnen, und dann schliefen sie vergnügt in den Sonntag hinein.

Aufstellung aller Titel dieser Reihe:

Für Hanni und Nanni-Sammler

Die richtige Reihenfolge aller „Hanni und Nanni"-Geschichten steht hier. Auch in welchem Sammelband diese Geschichte steht. Daß die richtige Reihenfolge mit den Sammelbänden nicht übereinstimmt liegt daran, daß wir zunächst nur einige Geschichten von „Hanni und Nanni" brachten. Als „Hanni und Nanni" aber zu den Lieblingen der Mädchen wurden, sind wir gedrängt worden, immer mehr Bücher zu bringen. Und diese Geschichten, die wir später brachten, haben wir dann erst in einen Sammelband genommen.

Mit herzlichen Grüßen
Eure
„Hanni und Nanni"-Redaktion
im Franz Schneider Verlag

		in Sammelband
1	Hanni und Nanni sind immer dagegen	1
2	Hanni und Nanni schmieden neue Pläne	1
3	Hanni und Nanni in neuen Abenteuern	1
4	Kein Spaß ohne Hanni und Nanni	2
5	Hanni und Nanni geben nicht auf	4
6	Hanni und Nanni im Geisterschloß	3
7	Hanni und Nanni suchen Gespenster	4
8	Hanni und Nanni in tausend Nöten	5
9	Hanni und Nanni groß in Form	5
10	Hanni und Nanni geben ein Fest	5
11	Lustige Streiche mit Hanni und Nanni	2
12	Hanni und Nanni und ihre Gäste	4
13	Fröhliche Tage für Hanni und Nanni	2
14	Hanni und Nanni gründen einen Klub	3
15	Hanni und Nanni im Landschulheim	3

Außerdem erschienen 2 Hanni- und Nanni-Bändchen in englischer Sprache mit Vokabeln auf jeder Seite: **Adventures with Hanni and Nanni I und II**

Außerdem erschienen im Franz Schneider Verlag
folgende beliebte Mädchenbücher von Enid Blyton:

Unser liebes Pony
Fam. Langfeld – Unverhoffter Besuch
Fam. Langfeld – Geheimnisse
Fam. Langfeld – Eine neue Heimat
Fam. Langfeld – Eine glückliche Zukunft
Tobi, unser frecher Dackel
Geschichten zum Staunen und Lachen
Märchen in Schreibschrift

Dolly sucht eine Freundin
Wirbel in Klasse 2
Ein Pferd im Internat
Klassensprecherin Dolly
Dollys großer Tag
Abschied von der Burg
Unser Haus im hohlen Baum
In unserer Schule ist was los